ヤンデレ若頭に政略婚で娶られたら、溺愛の証を授かって執着されました

m a r m a l a d e b u n k o

木登

marmalade bunko
マーマレード文庫

目次

ヤンデレ若頭に政略婚で娶られたら、溺愛の証を授かって執着されました

第一章

佐光慧一《さこうけいいち》という男がいる。

年は私と同じ二十六歳。まるで前世と今世、それに来世に積む分の徳を、すべてその容姿に注ぎ込んだような男だ。

均整の取れた筋肉がついた体躯《たいく》、仕立てのいい高級スーツがすこぶるよく似合う。凛々《りり》しい眉にすっと通った鼻筋。くっきりとした二重まぶたに、薄く膨らむ涙袋が瞳をより印象づける。

長いまつ毛に縁取られ、強い眼差しを放つ目が私を映す。

完全に覚醒《かくせい》しきっていないボサボサ頭の私が、その瞳の中であくびをした。

……近い、今日も慧一の私に対する距離感がバグっている。

「おはよう、よつ葉《ば》。今、よつ葉の好きな紅茶のスコーン焼いたよ」

ニッと笑った口元には、小さな魅惑のほくろがひとつ。

寝起きで喉がひりついて、私が返事できないのをお構いなしに慧一が話を続ける。

「そういえば、ナイトブラのメーカー替えたの？　漁った訳じゃないよ、いつもより胸の位置が高いところでホールドされてるから……気になっちゃって」

へへっとはにかみながら、とんでもないことを言っている。

顔がいいからって許されることじゃない、普通なら出禁案件だ。

だけど、こんなのはもう慣れっこ。挨拶と同じレベル。

「……んん、なんか、お母さんがあと何か一枚買ったら送料無料になるからって」

先日、下着の通販サイトを見ていた母に呼ばれ、急かされながら適当に選んだものだ。

「こっちの方がいいかもね、うん」

私が起きるのを待ちきれないとばかりに床に座り込み、ベッドに頬杖《ほおづえ》をつきながら近距離から寝姿を眺めるのにもすっかり慣れてしまった。

今更ブラジャーや胸を見られたって、平気だと言いきれる。

物心ついたときには慧一はすでに私のそばにいて、ずっとこの調子なのだ。

慧一に対して恥じらうとかの気持ちは、遠い過去に置き去りにされたままになっている。

「……見る？　安かった割には結構デザインが凝っていて可愛いよ」

「バッ……よつ葉のおバカ！　そんなこと簡単に言うもんじゃないよ！」

だけど慧一は、恥じらう心を自分だけはちゃっかり持っていたようだ。ずるい。

「先に見て言ってきたのは慧一じゃん。胸の位置なんて、流れるほど大きくないんだから変わらないよ」

「な、流れるほど……？」

「そうだよ。大きくて柔らかい胸は、とろんと流れちゃうんだよ？　魅力的で素敵なのに、私にはそれがない……ブラジャーの中で控えめにじっとしてる」

「じっとしてる」

私の胸元を見つめる慧一の真っ赤になった顔。カラコンを入れている訳でもないのに、薄くグレーがかった瞳がうるうるときらめく。

ベッドに横になったまま、その筋張っていて大きな慧一の左手を掴《つか》んで引き寄せると、手首に小麦粉がちょっとついていた。

海外ブランドの高級腕時計の針が示す時刻は午前八時。深夜に仕事から帰ってきた身としては、なかなか起きるのがつらい時間だ。

慧一の手を離して、ため息をついた。

「八時だ……って、なんで慧一がうちでこんな時間にスコーン焼いてるの？」

「この間、千代子《ちよこ》さんとお菓子作りの話で盛り上がって。よつ葉は千代子さんの作ったスコーンが好きだって聞いてたからさ」

「好きだけど……朝から慧一がうちで焼く必要なくない？」

慧一は、どうして？と顔に浮かべながら答えた。

「俺が作った食事で、よつ葉の体が作られるんだよ？　朝からよつ葉がそれを食べてくれたら……それって最高に興奮する」

慧一は私の手首をそっと掴み、もう片方の手でゆっくりと撫《な》でる。

このまま思いっきり力を入れられたら、私の手首の骨にヒビくらい入ってしまうかもしれないほど、慧一の手は大きかった。

「そうなんだ。私が今から慧一の作ったスコーンを食べたら嬉《うれ》しいんだ？」

「嬉しいよ、目の前で食べてくれたら最高だ」

とろんと蕩《とろ》けた目。恍惚《こうこつ》の笑みを浮かべる。

同い年で幼なじみ、佐光慧一は私限定で昔からちょっと……いや、もっと、かなり？

違うな、容姿以外のすべてが相当おかしいのだ。

慧一と出会ったときの印象は全く覚えていない。

なんせ赤ちゃんのときらしいから、覚えていたら自分の記憶力を長所として履歴書に書けていたのに。

「お母さん、おはよう」

「おはようじゃないわよ、お寝坊さん」

「寝坊じゃないよ、まだ八時だよ。今日の約束はお昼だもん、もう少し寝られたのに」

リビングを覗《のぞ》くと母がお茶を飲みながら、終わりかけの朝ドラのナレーションに耳を傾けていた。

バターと砂糖、焼けた小麦粉の香ばしくて甘い匂いがする。オーブンの横で、きつね色のスコーンが行儀よく天板の上で並んでいた。

開け放たれた窓からは、初夏を思わせる爽やかな風が吹き込む。

この辺りでは高層の部類に入るくらいの我が家のマンションから見える街の風景は、朝だというのにもう眩《まぶ》しい日差しに照らされていた。

まだ櫛《くし》を通していない髪を、風がふわりと弄ぶ。

「……今日もいい天気……自分だけこんな格好でなんだか罪悪感が湧いてきた」

宇宙を背景にした猫が真顔でたたずむ姿がプリントされた長袖Tシャツに、綿のシヨートパンツだ。この時期にはこの組み合わせが一番寝やすい。

「あら、珍しい。よつ葉が自分の格好を恥ずかしいだなんて、五月なのに雪でも降るのかしら」

「恥ずかしくないよ、好きで着てるんだから。罪悪感が生まれただけ。世界が活動を元気いっぱいに始めてるのに……私こんな可愛い服着ちゃってさっきまで寝ていたなんてさ」

申し訳なくて、と答えると母は笑い出した。

「ほんとよ。慧一くんなんて、お父さんに大事な話があるって六時からうちに来てるのに」

「え、六時から来てたの？　さすがに早過ぎない？」

私の隣に来た慧一に聞くと、にこにこっと笑って頷《うなず》いた。

「親父さんに話もあったし、千代子さんから聞いたスコーンの作り方を正しいか見てほしかったからね。材料持参で来た」

慧一は昔から私の父を『親父さん』と呼び、自分のお父さんを『オヤジ』と呼ぶ。

慧一のお母さんは体が弱くて、昔から入退院を繰り返していた。

そのときには慧一をうちで預かっていたので、私たちはほぼ一緒に育った。

兄のような弟のような、まとめて言えば家族みたいなもので、だから違和感が必要以上に仕事をしない。

慧一が早朝に我が家を訪れ父と話をし、母の監督のもとスコーンを焼いたあと、私の寝顔を眺めていたとしてもだ。

お互いにひとりっ子なのもあって、きょうだいの普通もわからないままだ。

「慧一って……アグレッシブだよね。その行動力と意欲を少し分けてほしいよ」

「ヤクザだからね、やりたいことは俊敏に行動に移さないと。料理もお菓子作りも、よつ葉のために勉強した」

「それ、ヤクザ関係ないよ。うちのお父さんは、結構のんびり屋だと思うんだけどな。ところでそのお父さんは？」

いつもなら母と一緒に朝ドラを観ている父の姿が、ない。

「親父さんは先に事務所に寄ってから行くって。あの人がのんびり屋かぁ……あっ、そろそろお茶淹《い》れるね。スコーンの用意もするよ、イギリス産のクロテッドクリームも持ってきたんだ」

いそいそとキッチンへ向かう慧一とは反対にリビングのソファーに座ると、般若のように恐ろしい顔をした母と目が合った。

「あんたも手伝いなさい、むしろ率先して動きなさい」と静かに睨《にら》まれ叱られ、すごすごとキッチンへ向かうと慧一が苦笑しながら迎えてくれた。

『佐光組』の若頭・佐光慧一。

『七原組《ななはら》』のひとり娘のこの私。

父親同士は関東一円をまとめる指定暴力団『和山会《わやま》』の幹部で若頭補佐同士。二次団体として、それぞれ自分の組を持っている。

会社に例えると、和山会は親会社。そこの常務取締役二人が、自分でもそれぞれの会社を興しているイメージだ。

佐光組はフロントに不動産業を持ち、七原組は賭博場《とばくじょう》運営をシノギとしている。

極道一家の中で育った私たちは、普通の子と環境は多少違ったけれど、まあそれなりの学生生活を送り紆余曲折《うよきょくせつ》ありながら大人になった。

慧一は大学を卒業するとそのまま佐光組の次期組長として若頭の役職に就き、私はずっと続けていたピアノをバーで弾いている。

私が男だったら七原組を継いだのだろうけど、女だったし、私の他に子供はできなかった。

でも七原組はお父さんの右腕ともいわれる、信頼ある人が若頭に就いてくれているので安泰だ。

若頭補佐も将来有望で、どうやらこの先も安心、なんて言ったら変だけど大きな問題はないらしい。

七原組の事務所は自宅と別なので、私が事務所に出向く用事もあまりない。お父さんの送迎をしてくれる組長付きに会ったときに、挨拶するくらいだ。

お父さんいわく、『よつ葉が男でも、オレは組を継がせるのは迷っただろう』。

慧一にその話をすると、わかる、としか言ってくれず少し悔しい思いをした。

慧一は自分の仕事も忙しいくせに、やたらと隙間時間を作って私に会いに来ている。若頭としてそれでいいのかと思うこともあるけれど、同業者のお父さんが何も言わないのだから大丈夫なのだろう。

きちんと、やることはやっているのだと信じたい。

「今日さ、私たち揃《そろ》って呼び出しなんて……なんだろうね」

電気ケトルに水を入れる慧一に尋ねてみれば、曖昧《あいまい》に考えるふりを始めた。

「なんだろうね、会長直々になんて。よつ葉の好きなお肉がメニューにあるといいね」

知ってはいるけれど、一応は知らないふりをしておこうというつもりか。

私たちは今日、大事な話があるからと和山会長との昼食会に呼ばれている。

そこには私の父や、慧一のお父さんも同席するのだ。

天板の上に並んだスコーンをひとつ摘み上げると、まだ温かく指先から熱が伝わってきた。

「……うん、美味しい」

ひと口かじると、口内でスコーンがほろりと崩れる。

「あっ、まだお茶も用意できてないのに。ほら、千代子さんがこっち見てるよ」

え、とリビングに目を向けると、行儀悪く立ち食いをしている私を再び鬼の形相で睨む母の姿があった。

「やばい、ほら、慧一も隠れて」

今更隠れる意味なんてないけど、姿を隠すためにキッチンカウンターの下に座り込む。

母の怒った顔なんてもう見慣れて、しまいには可愛いなと思うほどだ。

キッチンカウンターを背に隠れるのは、昔から私たちの遊びの延長だ。

宿題やパズル、本にお菓子、ここに持ち込んでよく遊んだ。

自分の部屋でなく、リビングでもない、このキッチンカウンターの下が好きなのだ。

カウンターと、冷蔵庫や食器棚の間。決して広くはない細長い場所が、秘密基地みたいで気に入っている。

中学生になっても高校生になっても、学校であったことを話すのは、落ち着くこの場所だった。

ピアスを開けたら一番にこれが欲しい、先輩と同級生が付き合っている、そんな話も制服のまままたくさんした。

変な子たちと母は言いながらも、足元で遊ぶ私たちの横で話に耳を傾けながら慣れた様子で料理をしていた。

ついでに慧一は、その頃からうちの母に料理を教わっていた。

慧一は大きな体で、ヤクザらしからぬ正座の姿勢で小さくなっている。

私も座り込んで、粗熱が取りきれない温かいスコーンを頬張った。

大人になってからも、慧一は私の子供っぽい遊びにまだ付き合ってくれる。

だけど、きっともう、この二人の時間も終わりに近づいている。

「……もう、こうやって会うこともできなくなるかもしれないんだよね」

「えっ、どうして？」

慧一は目を真ん丸にして驚いている。

「だって、会長に私まで呼ばれるなんて……なんとなく予想はつくよ。関西の『有留《ありどめ》組』の若頭とお見合いとか、結婚しろって……そういう感じでしょ」

私だって、なんにも知らない訳じゃない。

ここ十年ほどで、関東勢と関西勢での長年のいがみ合いに異変が起きていること。

次第に代替わりしていく中で、関東や関西の間で新しいビジネスに手を伸ばしたい勢力がいることも知っている。

手を組んだり一部をビジネスと割り切ったりで、お互いの進出を認めようという動きもある。

暴力団に年々厳しくなる情勢で食べていくには、もういがみ合いをしている場合ではない。

昔よりずっと海外系マフィアの力が強く主張されるようになってきている中で、これ以上好きにされてしまうと困ることが多くなるのだ。

去年、関西勢力の中で一番大きな影響力を持つ有留組の若頭が結婚相手を探しているという話があった。

父とは昔から共通の知り合いがいて顔見知りの間柄らしく、春に東京の会合に来た際に私も一度挨拶をしたことがある。

私のことを『別嬪《べっぴん》さん』と褒めてくれた、かなり厳つい体格のスキンヘッドアラフォーおじ様だ。

いかにもな見た目と役職のせいで、あれでは堅気の女性とのお付き合いは難しいかもねというのは母の談。

子供も欲しいらしく、出産が母体の負担にならない年齢の女性と結婚したいらしい。

先日、そのおじ様から父を通じて食事に行こうと誘われていた。

近々そちらに行くから、とも。

きっと、あのおじ様と結婚しろと今日会長から言われるんだ。私、体だけは丈夫だし。

これから巨大勢力同士の関係を少しずつ円滑にするには、結婚はいいきっかけだと思う。

政略的な結婚だ。

嫌でも、父と七原組、和山会の面子《メンツ》を考えると私に断るという選択肢は初めから存在しない。

私が関西にお嫁に行ったら、こんな風にもう慧一と二人きりで会うことはできなくなる。

不貞を疑われるような行動は、和山会にとってのマイナスにしかならない。

幼なじみ、二人の時間はおしまいだ。

「私も、腹をくくらなきゃね……あ、これお母さんの味と一緒だ。美味しい」

思わず泣きそうになるのを堪える私を、慧一はただ黙って見つめていた。


「え――――っっ！」

都内某所。老舗高級料亭の落ち着いた離れにて、私はここ数年で一番といってもいい大声を出してしまった。

慧一なんて隣で下を向いて、肩を震わせて笑うのを我慢している。

「わ、私と慧一が結婚!?」

そのタイミングで、すき焼き鍋で焼かれた和牛に割り下が入れられた。

じゅわっとした甘い牛肉の脂の、食欲をそそる香りが広がる。

黒子に徹した仲居さんがテキパキとすき焼きを作る中、私ひとりだけが驚き、状況を呑《の》み込めないでいた。

上座に座った和山会長が、わっはっはと笑い出す。

白い御髪《おぐし》で御歳七十半ばを過ぎ、穏やかな雰囲気を出しつつもその瞳の奥は誰よりも鋭いものがあった。

「そう、佐光のボンと。よつ葉ちゃん、昔から仲がよかったろ？　せっかくこの年まで二人とも独り身だったんだ、なら縁だと思って結婚した方がいい」

「慧一とは幼なじみで……え、結婚……？」

「ありゃ？　もしかして、好きな男がいたかな？」

心配する風に聞こえるけれど、和山会長が白といえば黒いものも白だ。たとえ好きな人がいたとしても、もうそこに私の気持ちは関係ない。

「いや……好きな人は」

初恋を除いて、好きな人どころか彼氏ができたこともなかった。

いつか恋人と、簡単な曲でいいからピアノの連弾をしてみたいという淡い夢も叶わぬままだ。

「大丈夫です、よつ葉に好きな男はいません。付き合っている奴もいません。言い寄る男は俺が完璧に牽制《けんせい》しています」

きっぱりと言い放つ慧一に、実の父で佐光組組長であるおじさんが、やれやれといった表情を浮かべた。

父は、真顔でいる。

「ボンは相変わらず、よつ葉ちゃんにべったりなんだな。こんなに惚《ほ》れられて、よつ葉ちゃんは幸せ者だなぁ」

「はい。よつ葉は俺が必ず一生幸せにします」

慧一は会長ではなく、横に座る私を見つめて言いきった。

言葉はまるでプロポーズの甘さを含んでいるのに、その目はひどく貪欲《どんよく》で焦がれた眼差しで私を捕らえている。

捕食者、そんな言葉が頭をよぎる。

和山会長は、よかったなぁ!と言って、日本酒の注がれたお猪口《ちょこ》をぐいっと呷《あお》り、肩の荷が下りたかのようにふうっと大きく息を吐いた。

私は蕩けるお肉が目の前にあるのに、全く手が出ない。

テーブルの下で手が小刻みに震えている。

この結婚話が予想外過ぎて、実感が湧いてこないでいた。

慧一や父たちは、この話をいつから知っていたんだろう。

いや、進めていた?

この結婚は、和山会にとってメリットはあまりない。なのにいきなり慧一と結婚だなんて。

——一体、どうして。

会長は一、二枚お肉を食べると、「ゆっくりしていきな」と言って見送りを断り早々に帰っていった。

部屋を出る間際、「ボンとよつ葉ちゃんの赤ん坊、楽しみにしてるからな」と言葉を残して。

部屋が静寂に包まれ、ぐつぐつと鍋が煮える音だけがする。

佐光のおじさんが、ビールの注がれたグラスを手に取り口をつける。

この部屋に残されたのは、気心の知れた人間だけになった。

途端に、緊張の糸が切れた。この例えようのない気持ちをぶつける先は、真っ先に父だ。

「お父さん！　慧一と結婚って何？　私はてっきり有留組のあのおじ様のところへ嫁がされると思って……覚悟してきたのに！」

「有留のおじ様って、あいつのことか。柔道強いしゴルフうまいしな、遊ぶだけだったら面白いんだけどな～」

父は学生時代から柔道を続けていて、その繋《つな》がりで知り合いだとは聞いていた。

この話しぶりだと、一度や二度は柔道やゴルフを一緒にしたようだ。

「だって、私を食事に誘ってたって、お父さんが言ってたから……子供も欲しいって言ってるって」

「親父さん、その話は初耳なんですけど。ちょっと有留組まで話つけに行ってきていいですか？　何よつ葉をナンパしてるんだ、あの野郎」

「ナンパじゃなくて、あれはよつ葉から、東京で流行ってる若い子の好きなアクセサリーやブランドを聞きたいんだと……ん？　やっぱりナンパか？」

父は考え込んで、ああ～と思い出したように声を上げた。

「一緒に出かけて女の子へのプレゼントの参考にしたかったんだろ。あいつ若い恋人ができたらしいぞ。って、慧一！　オレを睨むな睨むな！」

「私、おじ様の子供、有留の跡継ぎもちゃんと産まなきゃって……ひとりでぐるぐる考えてたのに……！」

「待て、よつ葉、それ以上言うな！　オレが慧一に殺される」

父が慌て、慧一は殺気立って今にも飛び出していきそうだ。

佐光のおじさんはこのタイミングで、仲居さんに声をかけた。私のために、お肉の追加を頼んでくれる。

さっきまで驚きのあまり食欲が吹っ飛んでしまっていたのに、気持ちがやっと落ち着いてお腹が減ってきていた。

こういう、さっと気をきかせてくれるところが慧一のお父さんだなって思う。

「よつ葉ちゃん。今日はごめんな、突然でびっくりしたろう」

「……はい。結婚話だろうとは想像していましたが、まさか相手が慧一だったなんて」

ちらりと隣を見れば、慧一は殺気を瞬時に消し、満面の笑みを浮かべている。

「よつ葉が俺以外の男と結婚するなんて、許すはずがないだろ？」

にっこにこだ。許すとか許さないとか、慧一の許可が要るなんて初耳だ。

「……慧一、今日のこと、先に知ってたでしょ。笑い堪えてるのわかったよ」

「今朝のセンチメンタルなよつ葉に、あの場で本当のことなんて言える訳ないよ……ふふっ」

思い出し笑いを始める慧一の脇腹を小突く。

「……で、もうこれは断れない、決定事項なんだよね？」

そう語気を強め、父と佐光のおじさんに問う。

握りしめた拳の中で、汗がにじむ。

「ああ、それに……孫の顔もそろそろ見たいんだ。よつ葉ちゃんに似たら、相当な美人になるぞ」

「見るだけじゃない。抱っこしたりあやしたり、ミルクもあげてみたいよな。オレら、若いときの子育ては任せっきりだったから」

二人は「ね！」と、女子のノリで盛り上がる。

普段は厳しい顔をして威厳を保っている組長二人は、家族の前限定でこうなってしまう。

可愛いおじさんたちだと思っているけど、赤ちゃんは玩具じゃない。

「よつ葉、頑張ろうね！」

小さくガッツポーズを可愛く決める慧一には、咄嗟《とっさ》に殺意が湧いた。

私は佐光のおじさんに、このあと慧一と二人で話し合いたいとお願いをした。

快く了承してくれたのは、もしかしたら私への同情心がちょっとでもあるのかもしれない。

解散したあと、私は慧一の車で料亭に来ていたので、そのまま帰りも乗せていってもらう。

車内では、お互いにほぼ無言だった。

昼下がりの街は、私たちが幼なじみから新しい関係に変わることなんてお構いなしで、いつも通りだ。

人や車が行き交い、賑《にぎ》やかで活気に溢《あふ》れている。

私には風で揺れる新緑の街路樹が、今までとは違って見えた。

あの葉が赤や黄色、鮮やかに色づく季節には、私は慧一のお嫁さんになっているんだろうか。

来年、また真新しい緑の葉が揺れる頃には、皆が楽しみだと言っていた小さな命がお腹に宿っているかも。

そこに自分の意思がないまま決められた未来に、腹をくくったつもりが……こっそりと身が竦《すく》んだ。

慧一にもこのあとの時間を私に少しくれないかと頼んでいたので、そのまま私の自宅へと向かってもらう。

二人で落ち着いて話ができる場所をいろいろ考えたけれど、慧一はこの容姿なのでどこに行っても自然に注目を集める。

もう慣れたし、普段なら気にならない。

だけど。今日は、二人だけで話をして伝えたいことがある。

『慧一と大事な話があるから、二人で今から帰る』と車に乗り込む前に連絡をしていたので、気を使ってくれてか自宅に母の姿はなかった。

自分の部屋に入る。朝に脱ぎ捨てたベッドの上の服を端に寄せて、慧一を座らせた。

私も、その隣に座る。

帰ってきたことで肩の力が抜け、疲れを含んだ深いため息が出た。

「疲れちゃったよね、お茶でも淹れようか」

立ち上がろうとする慧一の手を掴んだ。

「平気、大丈夫。あとで私が淹れるから」

声色がこわばったかもしれない。慧一は柔らかく笑って、「わかった」と再び隣に座った。

「あのね」

慧一と向き合う。

「うん」

「慧一と結婚……することになって、嫌だとか泣きたいとか、そういうのはないの」

関西へお嫁に行くものだと思い込んでいたから、正直言えばほっとした。

「そう言ってもらえて、嬉しい」

「慧一には、まだ返しきれてない恩があるし……こんなのでも感謝してるんだよ？」

私は自分の手首の、小さな手術の痕を指先で触る。

進学した音楽学校、首席で卒業すれば海外への留学の権利が与えられるタイミングで、手の神経の病気を発症してしまった。

違和感を無理やり無視した結果だ。

結局は手術をしなければならないほどに進行していて、術後のリハビリにかかった期間は半年以上。

ピアノを弾けるまで回復はしたけれど、プロになるのは諦めざるを得なかった。

子供の頃からの夢が断たれたとき。

ずっとそばにいてくれたのは慧一だった。

「リハビリを投げ出して、もういいって泣き喚いたときは珍しく怒ったよね」

「怒ったね。嫌われてもここでよつ葉をリハビリに戻さないと、これから先もうピアノが弾けなくなるって思ったんだ」

「あのとき、多分生きていて初めて慧一に怒られたから、それにびっくりしてリハビリを頑張れた」

「俺は怒ったことには後悔していなかったけど、言い方とかは、必要以上によつ葉を傷つけたんじゃないかって死ぬほど落ち込んだよ」

大袈裟《おおげさ》に項垂れる真似をする慧一に、思わず笑ってしまう。

さっきまでの緊張がほぐれる。

こうやって空気を変えてくれたことに、心の中で感謝する。

「……慧一、あのね」

「うん」

慧一を見つめる。子供の頃に比べたら、ずいぶんと精悍《せいかん》な顔つきになった。

たまに、知らない人みたいな顔をしているときもある。

けれど私を見つめ返す仕草の中に、あの頃の面影が残っている。

私はそこが、とても救いになった。

「今までずっと幼なじみの関係だったから、いきなり結婚ってなって戸惑ってる……だけどゆっくり、ちゃんと慧一を好きになるからね。慧一も、ゆっくり私を好きになって」

慧一の瞳が揺れる。

私のことをいつも大事にしてくれるのは、きっと幼なじみだから守らなきゃと思ってくれているからだ。

私への執着の理由も、きっとそう。

「……よつ葉、何か勘違いしてる」

慧一はそう言って、スーツのジャケットをおもむろに脱ぎ出す。

それからベストを脱いでネクタイを抜いたところで、私は慌ててストップをかけた。

「ちょ、ちょっと、いくら夫婦になるとはいえ、まだそういうのは早いんじゃない!?」

「早くないよ。よつ葉には、夫になる俺の体をちゃんと見てほしい」

そう言いながら、ワイシャツのボタンを外し始めた。

距離を取ろうと立ち上がると、慧一は私に背を向けてワイシャツを脱いだ。

そこには――。

慧一の背には、琵琶《びわ》を抱えた弁財天《べんざいてん》の刺青が一面に彫られていた。

柔和で切れ長の目の綺麗《きれい》なお顔。細く繊細な指が撥《ばち》を持つ。その琵琶からは、今にも音が聞こえてきそうだ。

力強く華やかな和彫り。肩から肘までの牡丹見切りまでも美しい。

慧一が彫り物をしたことは知っていたけど、見せてもらったことは一度もなかった。

「……すごい、慧一は弁財天様を彫ってもらったんだね。触ってもいい?」

近づいて、そっと背中に触れる。筋肉質な背中がぴくりと反応した。

「刺青の柄は、自分で決めたの？　すごく綺麗」

おそらく手彫りだろう、色が濃く出ている。

「……うん。よつ葉の手術が終わったあと、彫ってもらったんだ。これは、俺の願いだから」

願い？　そんな話は聞いたことがなかった。

「願いって……」

慧一は振り向かない。

「よつ葉が、大好きな音楽を嫌いにならないように。音楽から、これからも愛されますようにって」

「えっ……？」

「弁財天様は、音楽の神様なんだ。見てみて、琵琶に四つ葉を彫ってもらってる」

そう聞いて、私は再びベッドに座り慧一の背中を凝視した。

弁財天様が大事そうに抱える琵琶に、ひとつ四つ葉が彫られていた。

その四つ葉を、指先でなぞる。

「ほんとだ……四つ葉のクローバーだ……」

慧一がゆっくりと、体ごと振り返る。
私はなんだか胸がいっぱいになってしまって、じわりと涙が溢れていた。
それを拭おうとした手を、慧一にそっと握られた。
「よつ葉が、今もピアノを続けてくれて嬉しいんだ。俺は、よつ葉が好きだよ」
ずっと、と照れくさそうに言ってくれた。
私は自分の思い込みや勘違いを、ものすごく恥じた。
慧一は、私をそういう意味でちゃんと好きでいてくれていたんだ。
「あ、ありがとぉ」
鼻水まで出てきて、うまく言葉になったかわからない。
それでも慧一には伝わったのか、頷いてくれた。
私は慧一にとても大事に想われている。
想像以上に、大切にされている。
そう気づくと、自分の心に真新しい感情が芽生え始めたのがわかった。

第二章

梅雨らしくぐずぐずとした曇り空から、昼を過ぎる頃には雨粒が落ちてきていた。

それは夜になっても上がらず、アスファルトに水たまりを作りカラフルな夜の街を映している。

繁華街の外れ。

古いビルの地下には、知る人ぞ知る隠れ家的な老舗のバーがある。

重厚感のある雰囲気。間接照明で黒を基調とした店内はより特別感が漂う。

カウンターの向こうには国内外のメジャーなものから珍しいものまでお酒が並び、生のピアノ演奏が聴けるのが売りだ。

私が働くこの『ヴァント』は、深夜に近づくにつれて客足がだいぶ落ち着いていた。

ここで週に四日ピアノを弾き、空いた昼間に母の知り合いなどにピアノをレッスンする仕事をしている。

ヴァントは高齢のマスターと、マスターの甥《おい》であるドラァグクイーンのカンちゃん、ボーイの三人でお店を回している。

白いワイシャツに黒のベスト。蝶《ちょう》ネクタイを締めたフォーマルなスタイルのマスターは、小柄で穏やか、けれどどことなく掴みどころのない不思議な人物だ。

マスターの甥のカンちゃんは、ここでは存在が異色過ぎるのだけれど、背が高くケンカが強くて聞き上手。

週に二回顔を出すカンちゃん目当てのお客さんも多く、お店の雰囲気を損なわず上品な振る舞いに新たなファンが増えるばかりだ。

「よつ葉ちゃん、ついに若頭に陥落しちゃったのねぇ」

カンちゃんが瞬《まばた》きをするたびに、そよ風でも流れてきそうなボリューミーなつけまつ毛。今夜はウィッグに合わせて、赤色だ。

「陥落っていうか、でもそんな感じです。慧一、私のこと結構好きだったみたいで……驚きました」

「んま！　よつ葉ちゃんがやっと気づいたなんて、今夜はお祝いね」

お客さんがまだいるのに、カンちゃんは演奏し終わった私の手を引いて、マホガニーの一枚板でできた飴《あめ》色のカウンターの端に座らせた。

「まだお客さんいますよ？」

「いいわよ、皆顔見知りだもの。それに私がこっち側に座れば、よつ葉ちゃんはすっぽり隠れて見えないわ」

マスターも了承だと言わんばかりに、今夜は特別だとシャンパンをグラスでふたつ静かに出してくれた。

昨日もらった婚約指輪が、きらりと光る。なんだか慧一の代わりに、ここにいるみたいだ。

今夜出勤したときに、素早くカンちゃんが指輪に気づいてくれた。

自分からは言い出しづらかったので、助かった。

なんせこの間まで慧一のことを『ただの幼なじみ』と言っていた身としては、いきなり婚約しましたとは、ほいほい言えなかったのだ。

「はい、よつ葉ちゃん。まずは慧ちゃんとの婚約おめでとう」

「ありがとうございます」

グラスを傾けると、淡い黄金の海に真珠の泡が次々に浮かんだ。

「ん、美味しい」

「おめでたいことがあったから、特別に美味しいわね」

「あの……慧一って、私のこと、その……好きって感じでした？」

ぽかんとした顔のカンちゃんに、マスターも珍しく『え？』という表情になった。

二人が同時に浮かべた表情を見て、一瞬で、ああやっぱり私は鈍感なんだなと思い知る。

「そうねぇ。毎度よつ葉ちゃんを迎えに来ては、お酒も飲まず待ってるでしょ？　ピアノに耳を傾けてる姿なんて、宗教画みたいで拝みたくなるわ」

「宗教画って……ヤクザなのに」

「尊いのよ。この世の何よりも愛おしいって顔してさ……お酒と同じ値段払って飲んでるソフトドリンク傾けて……」

運転してくれる慧一はお酒を飲めないので、いつもソフトドリンクを頼んでいる。

でもそれじゃ店の儲《もう》けにならないと、毎度お酒と同じ料金と多めのチップを自主的に払っている。

申し訳なくてひとりで帰れると言っても、慧一はそれを絶対に許してくれず二年が経った。

「愛よね～。ピアノからカウンターは遠いから難しいかもしれないけど、今度弾いてるときに慧ちゃんの顔を見てみなさいな」

カンちゃんはがくわっと目を見開いて面白い顔を作るので、笑ってしまった。

そうして、慧一の背中の弁財天様を思い出す。

願い、と言っていた。

「カンちゃん、私、慧一のお嫁さんが務まるでしょうか」

慧一が想ってくれた分、しっかり返せるだろうか。

「……バカね、それは全く心配ない。慧ちゃんには、よつ葉ちゃん以外じゃダメなのよ。証拠って言われたら困るけど、ちゃんとあるのよ」

「証拠、ですか？」

カンちゃんが赤いまつ毛に縁取られた瞳で、私にウィンクする。

「慧ちゃんの背中、見たことある？」

「……背中って、弁財天様ですよね。最近ですが、初めて見せてもらいました」

「それ、彫ったのはワタシよ」

「ええっ！　カンちゃんて、彫り師なんですか！」

「彫り師の方が本業よぉ。もっぱらヤクザ相手だけどね」

カンちゃんが話してくれた内容はこうだった。

本当なら違うデザインで打ち合わせが進んでいた。いざ筋彫りに入るとなったとき、慧一は弁財天様に変えてほしいと強く言い出す。

『どうしても弁財天に変えたい。今の自分にはそれしかできないから』

「佐光のうちはね、組長が毘沙門天《びしゃもんてん》を彫ってるから、慧ちゃんも同じものを、という話だったのよ」

「じゃあ、慧一は……」

「組長にもきちんと話をつけてきたみたいよ。ワタシはもう、そのときの慧ちゃんの真剣な様子と話を信じるしかないと思ったの。組長にわざわざ電話して確認する訳にもいかないしね」

じくじくとした痛みもあるだろうに、鎮痛剤を飲む様子がないまま、刺青完成まできちんと通ってきたという。

時期的に、私が手首の手術をしてリハビリに入った頃だった。

「体力的な問題で、施術できるのは三時間くらいなのよ。体に傷をつける訳だしね。だけど慧ちゃんは夕方に予約を入れて、五時間はやらせるのよね」

ふうっと息を吐いて、カンちゃんがシャンパンをひと口飲んだ。

「格好つけたくて早く仕上げてほしいって人はいるけど、慧ちゃんの場合は違った。いっつも目を閉じて祈ってるみたいな顔で……だから思いきって聞いてみたの」

どうして弁財天様にしたの？

何か、願掛けでもしてるのって。

そうしたらね――。

そこでカンちゃんは「よつ葉ちゃん」と名前を呼んだ。

「は、はい」

「慧ちゃんね、好きな女が、好きなことを満足するまでずっと続けていけるように願掛けしてるって言ったの。だからそういうつもりで、彫ってほしいって」

この間、慧一が私に『ピアノを続けてくれて嬉しい』って言ってくれたことを思い出した。

刺青が完成し、しばらくしたあと。

ピアニストを募集していたヴァントを父に紹介されて働き始め、カンちゃんは慧一とすぐに再会して驚いたという。

私の名前と、琵琶に彫った四つ葉。それに慧一の私への接し方でピンときたとも。

刺青や願掛けのことは絶対に内緒だと脅されていたけど、めでたく結婚するんだから時効よね！と笑う。

「よつ葉ちゃんが心配することなんて、なんにもないのよ。これからもいっぱい愛されちゃいなさい」

カンちゃんの念押しに、私は何度も深く頷いた。

そのすぐあとに、私を迎えに慧一がいつも通りにお店に来てくれた。

マスターにそっと目配せされて、ピアノの前に座る。

これから私もこんな気持ちになっていくんだと予感する、ラストの一曲を弾き始める。

私を遠くへ連れていってほしい、あなたとの未来はどうなるのかしらと想像する恋の歌だ。

ジャズにアレンジされたものが有名だけど、本来はポップスだった曲だ。

この位置からは、いつも慧一が座る場所は遠くて表情まで見えなかった。

けれど、今夜はここからでも見える場所に座っている。

マスターやカンちゃんが気をきかせてくれたのだろう。

慧一は、私がこちらから表情を窺《うかが》おうとしているなんて、夢にも思っていないかもしれない。

テーブルに頬杖をついて、軽く目を閉じている。

間接照明がぽうっと慧一を照らして、陰影が際立つ。

そのコントラスト、姿はまるで本当に絵画みたいだ。

慧一の目尻が、ふっと下がる。この曲はリハビリのときにも、よく弾いたっけ。

口元も、ちょっと笑っている。

幸せそう。誰が見てもきっとそう思うような顔をしてピアノに耳を傾けてくれていた。

私、本当に大事に想われている。

ピアノ……やめなくてよかった。まだ弾けて嬉しいと思ったら、鼻の奥がつんと痛くなった。


日付が変わり、私は先に帰り支度を始める。

バックルームから店に出ると、慧一はカンちゃんと話をしているようだったので、横からそうっと話しかけた。

「支度できたよ」

「よつ葉、お疲れ様。忘れ物はない？　モバイルバッテリーも入ってる？」

「入ってるよ。スマホの電池なくなって電話出られなくて慧一に泣かれてから、ちゃんと持つようにしてます」

ほら！とモバイルバッテリーの入った小さなポーチを取り出してみせる。

「ええー……慧ちゃん、よつ葉ちゃんと連絡取れなくて泣いたのぉ？」

慧一はカンちゃんに「チッ」と小さく舌打ちをした。

そのとき、バッグから覗いた手のひらより小さなサイズのぬいぐるみに、カンちゃんが気づいた。

「あら！　ぬいぐるみ持って歩くなんて、よつ葉ちゃん可愛いわね」

「子供の頃にうちで飼っていた猫に似てるって、慧一がくれたんです。そう言われると似てる気がして、バッグについ入れちゃいました」

白黒柄の猫のぬいぐるみを取り出す。

飼っていたのはハチワレ猫の『たまちゃん』。たまちゃんは大きな体で、母のバッグの中によくみちみちに入り込んでいたのが可愛かった。

懐かしくて自分のバッグにぬいぐるみを入れてみたら、今度は出すのがしのびなくなってしまった。

小さいし、最近は推しているアイドルやキャラのぬいぐるみを持ち歩く人も少なくないので、私もこの猫をバッグに入れている。

ぬいぐるみをカンちゃんによく見てほしくて渡すと、「あらあらー！」と触ってくれたあと。

「……あら」

カンちゃんが急に静かになった。

ぬいぐるみの、ある一点を執拗《しつよう》に押している。

私はその様子にピンときた。

「あっ！　慧一！　またGPS仕掛けたでしょ⁉」

「だって、俺の大事なよつ葉に何かあったらと思ったら……」

「まったく、何回言っても懲りないんだから」

慧一は高校に上がる頃になると、ありとあらゆる方法で私の居所を知りたがった。

その結果、何度もGPSを仕掛けられたけど、そのたびに見つけ出して返していた。

カンちゃんがおずおずと、ぬいぐるみを返してくれる。

ぬいぐるみのお腹ではなく、足の付け根に生地が厚く重なった箇所を見つけた。

「今度はタグか。財布とかに入れておくタイプだ。お腹じゃなくて、足に入れておくとは考えたね」

ここでしょ、と慧一に見せると、正解だとばかりに微笑んだ。

見つけたのはカンちゃんなのに、私が得意げになる。

「今回は結構いけると思ったんだけどな。充電できない使い捨てだから、ある程度経ったら交換するのに、猫をどうやって回収しようか考えてたんだ」

家に帰ったら丁寧に縫い口を開いて、タグだけ取り出して慧一に返そう。

猫のぬいぐるみは、大事にバッグに戻そう。

そんな私たちのやり取りを見ていたカンちゃんは、ため息をついた。

「ねえ、大丈夫？　慧ちゃんに盗聴とかもされてるんじゃない？」

心配そうに聞いてくれたカンちゃんに、慧一は胸を張って答える。

「バカか、不法侵入して盗聴器なんて仕掛けたら犯罪だ。それに、誰かが仕掛けた盗聴器なんて使いたくないし、外してそいつは殺す」

「そうなんです、ただ聞くなら盗聴って犯罪にならないんです。だけど盗聴器を仕掛けたり、聞いた内容で脅迫すると犯罪になるらしいですよ」

不思議だよね！と盛り上がる慧一と私を、カンちゃんは交互に見る。

「やっぱり慧ちゃんには、よつ葉ちゃん以外の女の子じゃダメだわ。あと、殺すのは犯罪よぉ」

その通り！と笑う私たちに、今度は呆《あき》れたとばかりに肩を竦めた。

帰り道。次第に消えていく街の明かりを暗い車内から眺めながら、ふと気づいた。

「ねえ、やっぱり勝手にGPS仕込むって変じゃない？　なんか慣らされて、またか～でおしまいにしちゃったけど」

「そうかな。例えばそのバッグ、置き忘れたりひったくりにあっても、GPSのおかげで俺が取り返しに行けるんだよ？」

「慧一が行くんだ」

考えると、これが本来の使い方だ。慧一が違う風に使おうとするから、おかしくなる。

「それはすごく助かるけど」

「よかった。じゃあそのままでいいね」

「ううん。発見したからには外すよ」

えー、と慧一の残念そうな声。出不精の私が行くところなんて、知り尽くしていそうなのに。

危機管理能力というか、違和感が働く部分が、長く時間をかけて慧一にダメにされている。

なのに、それでもいいかもと思って許してしまいそうになる。

自分が慧一から与えられる愛情にどっぷり漬かっているのを知ってから、たまらなく胸が苦しくなる瞬間がある。

私も、慧一を大事にしたい。

家族愛やきょうだい愛に近かった気持ちが、毎日変化して違う形の好きに変わっていく。

「ね、次の信号で停まったら、青になるまで手を繋いでいい？　そういう気分なの、うまく言えないけど」

「えっ！」

慧一はこっちもびっくりするくらい驚いている。

「ダメだった？　いつも私の手は握ってくるのに」

「ダメじゃない、けど、よつ葉から握られるのは緊張する……手に汗かいちゃうかもしれない」

そうだ。普段、私から慧一に触れることってそんなにない。触れてもすぐに離してしまうし。

いつも慧一から手を握られたり、触れられるのに慣れ過ぎていた。

タイミングよく、前を走っていた車が赤信号で停まった。

静かにスピードを落として、この車も停まる。

車内に沈黙が落ちる。慧一はハンドルから手を離して、自分の膝の上にそっと置いた。

顔はまっすぐ前を向いている。信号が変わってもいいように、後続車に迷惑にならないよう見てくれている。

対向車のライトに照らされた顔は、恥ずかしいのを我慢しているみたいに口元がむにゅむにゅしていた。

私は助手席から体を乗り出して、慧一の左手をそういう意味を込めて握った。

体温が高いのか、熱く感じる。

綺麗な顔に似合わず、意外にごつごつしている。

大きな手のひら、長い指、短く整えられた爪。

私とペアの婚約指輪を触る。

この手がこれから、今までとは違う、もっと私の深い場所にも触れてくるのだと意識してしまった。

夫婦になるとは、そういうことだ。

顔が熱くなってしまったけれど、この薄暗さなら慧一にバレたりはしないだろう。

二、三度、ぎゅぎゅっと握った手に力を込めた。

それから手を離そうとしたら、慧一から強く握り返された。

「今は……危ないから……よつ葉の家に着いたら、キスしていい？」

驚いて視線を握った手から上げると、近くに慧一の顔があった。

もう、すぐに唇が触れ合ってしまいそうな距離だ。

「キ、キス!?」

うる、と潤んだ慧一の瞳の中には、繁華街の消えかけたネオンの明かりがちらちら映る。

ヤクザ稼業を継がなければモデルにでもなれそうな顔と体で、私の心臓が爆発しそうなことを言う。

ただ、言った慧一にも全く余裕がなさそうで、握った手がしっとり汗をかき始めていた。

もうすぐ信号が変わりそうなのと、驚いたのもあって、私はつい首を縦に振ってしまった。

それからの道のりは、漂う空気でお互いにかなり緊張しているのが丸わかりだった。

私なんて肩からかけたシートベルトを無意識に強く握っていたようで、マンションに着いた頃には手のひらに跡がうっすら残っていた。

新月の夜の真ん中を切り取ったように真っ黒な高級国産車は、滑るようにマンション前に着いた。

ハザードをたいて停車する。

深夜にもなると、この辺りは人の気配もあまりない。

いつもならここで、お礼を言って車から降りるのだけど、今日はいつもと違う。

約束してしまったのだ。

キス、すると。

「あの……今日も送ってくれてありがとう」

お礼を伝えて、シートベルトを外すまではいつも通り。

ここからは？　ここからどうしたらいいの！

意識し過ぎてまともに慧一の方を見られなくて、バッグの紐《ひも》を握りしめていた手に大きな手が重ねられた。

「よつ葉、こっち見て」

「や……ごめん、すごく恥ずかしくて慧一の顔が見られない」

さぞかし困るだろうと思ったけれど、私もどうにも恥ずかしくてたまらない。

正直に言ってしまうのが一番だと、そのまんま自分の現状を伝えた。

顔、熱い。汗かいてる。

自分の心臓の音以外よく聞こえない。

今まで誰とも付き合ったことがなかったから、正真正銘初めての経験だった。

「……意識、してくれてるんだ」

呟《つぶや》くようだけど、高揚した声。慧一が喜んでいるのがわかる。

それがますます私の羞恥心を煽《あお》って、自分から意識していると言ったくせに逃げ出したくなってしまう。

今まで完全に甘やかされた心が、謝って逃げても慧一は許してくれるんじゃない？　と囁《ささや》く。

許して、くれるかな。

キスはまた改めて、心の準備ができたときに……。

そうっと内側のドアハンドルに手をかけると、途端に一斉に全部のドアにロックがかかった。

「……あっ！」

バレた、と飛び上がるかと思うほど驚いてしまった。

「ごめん、今夜はダメだよ。帰らないで」

「いや、言い方！　帰るよ、ここ私の家の前だもの」

キスをしたら帰るよとは言えず、約束を無視する言い方になってしまったのに気づいた。

「あのね、違くて！　あの……」

勢いで見た慧一の顔は、なんというか私が知らない男の人の顔をしていた。

さっきうるうると私を見つめた可愛い顔とは違う、上気して情欲を孕《はら》んだ表情だ。

いつの間にか慧一もシートベルトを外していて、運転席からこちらへぐっと上半身を乗り出してくる。

ドアに背中がつくほど距離を取ったけれど、座席のヘッドレストと窓ガラスに手をつかれ、囲われてしまった。

これが壁ドンか！なんて頭によぎる。

「近い……近いよ」

今まで散々近くにいても平気だったのに、自分の口から出た言葉にうろたえる。

意識しまくり、それを慧一に知られるのが恥ずかしいのに隠せない。

「俺だって……緊張して心臓がおかしくなりそうだよ、ほら」

行き場をなくして胸の前で縮こまっていた手を、片方取られた。

そうして、そのまま慧一の左胸に押し当てられる。

運転するのにジャケットを脱いでいたから、ワイシャツだけだ。

「……確かめて、すごいから」

ぐっと胸を押しつけられると、ワイシャツ越しに微かにドクドクッと心臓が速く、強く動いているのを感じる。

もっとよく確かめたくて、自分からさらに手を押しつけた。

「……心臓の動き、速い」

「恥ずかしいのは、よつ葉だけじゃないよ」

目を合わせた慧一は、さっきまでの男の人じゃなくて、子供みたいに半分泣き出しそうな顔をしていた。

「もっと、もっと格好よくしたかったんだ、よつ葉との初めてのキス」

「うん」

「だけど、逃げそうなよつ葉を見たら、ダメだって……怖がらせたくないのに、逃げられたくなくて」

ごめん、と言って俯《うつむ》いてしまった。

一気に罪悪感が押し寄せる。

それから、私より余裕がありそうだった慧一も、相当緊張していたことが再確認できた。

「慧一……キスしよ」

パッと顔を上げた慧一の救われたような表情に、胸がきゅっとなる。

「私も、初めてだから、変でも笑わないでね」

もう心臓が痛い。

「笑わない。だってよつ葉は今俺を笑わないでしょ？」

そうやって、少しずつ顔を近づける。

息がかかる距離で、一度止まって。

少し息を吸う。

そっと目を閉じると、唇に柔らかなものが押し当てられた。

初めての感触。くすぐったいのに、熱や微かな動きを敏感に感じ取れる。

頭の中がスパークする。チカチカするピンクや黄色の星が飛んで、じんわりする幸せな気持ちが押し寄せて私を呑み込んでいく。

温もりが離れていく瞬間、目を薄く開けると慧一も私を見ていた。

惚《ほう》けたように、ぼうっとしている。

「初めてを、よつ葉とできて嬉しい」

慧一も、初めてのキスだったようだ。

この容姿でキスも未経験とか、ハナから疑うレベルだけど、私の考え過ぎだったみたいだ。

今ならそれが、ちゃんとわかる。

「柔らかくて、言葉にするのは難しいけど……感動しちゃった」

へへ、と照れて笑うと慧一も「俺も」と言ってくれた。

「これから二人で初めてのこと、全部一緒にしようね？」

薄暗がりでもわかる赤い頬でにっこり笑う瞳の奥に、なんだか仄暗《ほのぐら》さも感じるけれど。

これからの慧一との初めてをいくつも想像すると恥ずかしくてたまらず、すぐに顔を両手で覆ってしまった。

秋の挙式は、都内にある有名な外資系ホテルで執り行われた。

式場は三百人が入るバンケットルーム。海外で作られた繊細かつ豪華なシャンデリアが連なり光り輝く。

他のカップルや来賓に迷惑がかからないよう、大安吉日を外した日を完全貸し切りにしたらしい。

それはまさに正解で、式場となるホテルの出入口でずらりと列をなす黒光りの高級車。ぞろぞろ降りてくるのは、高級スーツで武装した極道たち。

もし同日に式を挙げるカップルがいたら、怖がらせてしまったかもしれない。

秋の気候のいい時期に、貸し切りなんてことができたのは、相当なコネか何かがあったのだろう。

そしてそれだけの費用を想像すると目眩《めまい》がしそうだけど、気にしなくていいと慧一も佐光のおじさんも言ってくれる。

七原からも費用が出ているらしいが、父も母も私が余計な心配をしなくていいようにと教えてくれない。

話しぶりだと、どうやら和山からも出ているらしい。

当事者が何も知らなくていいはずがないのに、皆は私が当日を健康で迎えてくれるのが一番だと言ってくれる。

私は余計な詮索を一旦やめて、界隈《かいわい》の一同が集まるであろう式に集中できるようにと切り替えた。

色打ち掛けもお色直しのウェディングドレスも、選ぶ際はすべて慧一が付き添ってくれた。

オーダーするには到底間に合わないことを心底悔しがり、一年目の結婚記念日にはオーダーしたウェディングドレスで二人だけの小さな式を再度挙げようと息巻いている。

式は順調に執り行われ、慧一と私は皆の前で夫婦になった。


そのまま、その晩は予約したスイートルームに宿泊となった。

当然の流れといえばそうなのだけど、覚悟というか、とにかくまず部屋に慧一と二人きりなのが緊張してたまらない。

今夜は、つまり初夜だ。

初めてキスをした夜から慧一と少しずつスキンシップを取っていたけれど、キス以上に進むことはなかった。

私はこの初夜にひとつでも不安を取り除いた状態で挑みたくて、ブライダルエステも頑張って早起きをして通った。

そんなことを思い出しながら、広いバスルームでひとり、湯船から出たり入ったりを繰り返している。

ビューバスなので、バスルームの向こう側にきらめく夜景が広がっている。

もっと景色を楽しみたいのに、心中はそれどころではなかった。

慧一は先にお風呂を済ませたので、私がバスルームから出たら……いよいよ始まってしまうのだ。

お風呂から出た、濡《ぬ》れ髪でバスローブ姿の慧一をあまりにも意識してしまい、すごい勢いでバスルームに飛び込んでしまった。

「やっぱり……慧一って格好いいんだ」

引き締まってつるつるの自分の腕や足を見ると、担当してくれたエステティシャンのお姉さんの顔が浮かぶ。

お姉さんに、老廃物を出すためにぐいぐい揉《も》みしだかれた日々が懐かしい。そのあとのオイルマッサージが気持ちよくて、飴と鞭《むち》だったと懐かしむ。

大丈夫。慧一だって、経験がないんだから。

よっぽど変なことをしたり、萎えさせるような声を出したりしなければきっと素敵な一夜になる。

……そんな声なんて、生まれて一度も出したことないけど……ぶっつけ本番で大丈夫なんだろうか。

ううん、私は昔から本番に強いタイプだったからきっと……多分どうにかなるはず！

湯船に浸かって、十分に温まった体が水面の下でゆらゆら揺れる。

「……いつまでもお風呂に浸かっていたって、ふやけてのぼせるだけだ」

よし！　よし！と心の中で無理やりに気合いを入れて、勢いをつけて湯船から立ち上がった。

バスローブを身につけてバスルームを出ると、大きな窓際のそばに設置されたソファーで慧一が待ってくれていた。

「お、お待たせしました」

「ふふ、待ちくたびれて迎えに行こうかと思ってたよ」

「ええっ、それは驚くから……まだ困る」

「じゃあ、そのうち慣れたら一緒にお風呂入ろうね。俺がよつ葉のこと、足の先までじっくり洗ってあげる」

じっと私を見上げる慧一に、バスローブの中まで透けて見られているようで咄嗟に自分の胸元の合わせをぎゅっと掴んでしまった。

「……なんか、エッチな目で見てない？」

「うん。瞼《まぶた》の裏と脳みそによつ葉の風呂上がりの姿を焼きつけたくて」

ますます、合わせを掴んだ手に力が入ってしまった。

冗談だよとも言わない慧一に「座って」と手を取られて、隣に腰を下ろす。

部屋は私がバスルームに飛び込む前より光量が落とされていて、窓からは都内に広がる数多の光の粒が見えた。

「お風呂からの景色もよかったけど、ここからの夜景もすごいね」

「そうだね。ほら、お水飲んで。だいぶお風呂にいたし汗かいたんじゃない？」

ミネラルウォーターをグラスに注いだものを慧一が手渡してくれた。

私がひとり、バスルームでバタバタしていたのがバレていたようだ。

ひと口お水を含むと、するすると喉を滑っていく。自覚はなかったけど、自分が思った以上に喉が渇いていたみたいだ。

ごくごくと水を飲み干しひと息つくと、グラスをするりと取られ、慧一に抱きしめられた。

「わっ」

「やっと、やっとよつ葉と夫婦になれた……どれだけこの日を待ちわびたか」

いつもは決して私を傷つけない慧一の遠慮のない力強い抱擁に、その想いの強さを知る。

「私も、私も慧一と結婚してよかった」

「本当に……？」

「うん。私ね、ゆっくりって言ったけど……自分が思ったよりずっと、慧一が好き。ドキドキするよ」

「俺……嬉し過ぎて心臓がもたないかも……」

慧一は私をソファーから抱き上げると、ベッドルームまで運んでくれた。


昼で、指先で、私を隅々まで愛してくれる。

息遣いも、合間のキスも、全部が愛おしくて胸がはち切れそうになる。

気持ちいい、恥ずかしい、もっと。

私がたまらずに声を漏らすほどに、慧一は私の名前を呼ぶ。

そのたびに『可愛い、好き、愛してる』と抱きしめられる。

そして――。

いよいよ……というとき。

慧一のケイイチくんは、本人の気持ちとは裏腹にこのタイミングで反抗期に入ってしまった。

慧一がいくらどうにかしようとしても、ケイイチくんは頭を垂れてどうにもならない。

さっきまで臨戦態勢だったそれは、ひとり勝手に休戦してしまったのだ。

とうとう慧一は、「よつ葉があまりにも可愛過ぎて、緊張し過ぎて勃たなくなった」なんて言い出す。

「可愛過ぎるお前が悪い、じゃなくて？」

「よつ葉に悪いところはないよ。何百回もよつ葉を抱くシミュレーションしてたのに、本番でたじろぐ俺のコレが悪い……」

指されたソレは、変わらず頭を垂れていた。

「え、何百回って……？」

「俺、よつ葉以外を想像してひとりでシたことない。生まれて初めても、昨日もよつ葉で……」

結局、ケイイチくんはその夜再び参戦の意思表示をすることはなかった。

つまり、慧一との初夜は、失敗に終わってしまったのだ。

ひたすら落ち込む慧一を励ますために語彙力をフル活動させているうちに、私はいつの間にか眠ってしまった。

自分が思っているよりずっと、挙式の緊張や疲れがあったらしい。

夢の中でも、ひたすら慧一の背中をさすり、思いつくすべての励ましの言葉をかけ続ける。

だけど慧一は決して頭を上げず、私の顔も見ようとしない。

これじゃ、ケイイチくんと同じでしょ！とつい突っ込んでしまいそうになった瞬間に目が覚めた。

パッと瞼を開くと、私の部屋とは違うクリーム色の天井が視界いっぱいに飛び込んできた。

ほのかなルームフレグランス、素肌に触れる糊《のり》のきいたシーツの感触に、ここが自宅ではなくホテルだということを思い出した。

私の右手を握る体温に、一気に昨夜のことを思い出す。

さっきの、夢でよかった……！　あんな失礼なこと、夢でも慧一に思うなんて私はバカだ。

はあ、と自責の念でため息をつくと、まだ寝ていると思っていた慧一がゆっくりと覆いかぶさってきた。

「……慧一？」

「おはよう」

ちゅ、ちゅ、とおでこや頬にキスを落とされる。

「まだ起きるには早い時間だよ。やっと六時になったところ」

視線を合わせたその顔は、目元にうっすらクマが浮かんでいた。

「眠れなかったの？」

「ううん。うつらうつらしてた」

それは寝たとは言わないんだよ。そういう気持ちを込めて、両腕を慧一の首に巻きつけて抱き寄せた。

「よつ葉が潰れちゃう」

私に自分の体重がかからないようにしてくれていたのに、私がそのバランスを崩してしまった。

慧一のずしりとした重みに、潰された胸の奥、肺から空気がせり上がってくる。

苦しいけど、その分ますます愛おしく感じる。

「いいの……だって好きなんだもん。慧一はなんでこんなに可愛いんだろう」

自然に、好意がするりと言葉になった。

好きだと自覚を始めたら、どんどんスピードをつけて気持ちが現状に追いついてきた。

私をずっと好きでいてくれた人と結婚したなんて、まるで夢みたいな話だ。

「俺を可愛いなんて言うの、よつ葉だけだよ」

照れたのか、慧一は顔を見られないように私の首筋にうずめた。

鼻先や唇の感触が薄い皮膚越しに伝わってくすぐったい。

「そうだね、学生のときは狂犬なんてこっそり呼ばれてたの知ってる？」

「知ってる。『七原の番犬』とも呼ばれてた。よつ葉に近づく男皆に噛《か》みついてやったから」

『噛みついた』がどういう意味かは考えたくない。口頭での忠告……と思いたいけど、違うんだろうな。

「私なんて、モテる方じゃないから心配しなくてもいいのに。それに稼業のこともあってか、皆からはある程度距離を取られてたよ」

「……よつ葉は、なんにもわかってない。そんなの、なんとも思っていない奴なんて掃いて捨てるほどいるんだよ」

そう言われて思い出してみると、確かに気軽に声をかけてくる人もいない訳じゃなかった。

少ないけど女の子の友達もいたし、クラスメイトは用事があれば普通に喋《しゃべ》りかけてくれていた。

孤独を感じることはあまりなかったけれど、恋とはほぼ無縁だった。慧一のせいで。

「そういう慧一は、モテてたよね。女の子は度胸があるのかな、よく喋りかけてたし、囲まれてるのいつも見てたよ」

「……追い払いたかったけど、女の子には優しく接しろってよつ葉が言ったから」

「約束守ってて偉いなって思ってた。顔は笑ってるのに、目は死んでたけど」

モデルみたいな高身長に顔、おまけに家はヤクザだなんて、慧一はまるで漫画の主人公みたいだった。

制服を崩さずにきちんと着て、頭もよくて。運動だってできたから、もし稼業がヤクザでなければいろんな未来があったかもしれない。

それは、絶対に言わないけれど。

あの頃。視線を感じて探すと、いつも慧一は遠くからでも私を見ていた。

こちらから軽く手を振るまで、じっと見ていた。

昔を思い出してよしよしと後ろ頭を撫でると、慧一は顔をやっと上げてくれた。

少しは、元気出たかな？

あとひと押しだと感じて、二人でしてみたいことを提案してみた。

「あのさ、今日、二人でデートしてみない？　普通って言ったら変だけど、結婚するまでの期間も短かったしバタバタだったでしょ」

私を見る瞳に、キラキラと光が宿る。

「デート？」

「そう、夫婦になって初めてのデート。といっても突発だからプランはないんだけど、これから新生活で必要なものを慧一と一緒に見たいんだ」

慧一が用意してくれた新居への引っ越しまで一ヶ月弱。それまでに、新生活に必要なものを揃えないとね、とは話していた。

ダメかな？と聞いてみれば、「ダメな訳ない！」と返事をくれる。

「ここ、三泊四日で取ってくれてるでしょ？　二人でそこまで休み合わせるって、難しいと思うし。この時間を使って行ってみよう」

気を使う挙式後にゆっくりできるようにと、慧一がずいぶん長めに宿泊予約を入れてくれていた。

もしかしたら、部屋にこもってイチャイチャする時間のためだったのかもしれないけれど。

「……ほんとに、よつ葉大好き」

染み入るような声で呟かれて、ぎゅうっと抱きしめられたあと。

くるんと体術みたいな早業で体勢を入れ替えられて、今度は私が上になってしまった。

慧一を見下ろす格好に驚く。

「きゃっ。び、びっくりした」

「いつまでも俺が乗っかってたら、本当に潰しちゃいそうだから……ああ、ここに痕がちゃんと残ってる」

ちょん、と胸元を押される。目をやると、昨晩慧一につけられたであろう赤い痕が残されていた。

下着に、備えつけのパジャマの上だけ。慧一ははだけた胸元の痕を何度も撫でる。

「今日、デートから帰ったらリベンジさせて。またうまくいかなくても、昨日よりもっとよつ葉を愛したい」

昨晩の余韻に火をつけられちゃいそうな、甘い声色で囁かれる。

「いい？」

「うん……受けて立つ！」

跨《また》ったまま元気に返事する私に、慧一も上半身を起こして抱きつく。

二人して笑いながら子犬のように転がっていたら、昨晩の重たい空気はすっかりなくなっていた。


ルームサービスで軽めに朝食をとりながら、今日の計画を立てていく。

「今日見たいのは、細かいものだね。お互いの家から持ち寄るよりは、いっそ新調しちゃった方がいいと思うの」

「そうだね。倉庫には新品のタオルが大量にあるけど、あれはうちの不動産屋の名前入りでお年賀用のだからなぁ」

「あれね、お父さんが柔道の道場行くときに持っていってるよ」

こんがりきつね色に焼かれたぷるぷるのフレンチトーストに、琥珀《こはく》色のシロップを垂らす。

ナイフを入れると、ほんの僅かな力でさっくりと切れていく。ふわりと湯気が上がり、甘い香りが広がった。

「じゃあ、タオルとかリネン関係は全部買おう……うん、このフレンチトースト美味しい！」

「よかった。一緒に暮らし始めるまでにフレンチトーストも作れるようにしておくね」

慧一はうちの母から私よりも料理を教わっていたから、ひと通りのものは作れる腕前なのを承知で聞いてみる。

「あのね、一緒に暮らし始めたら私もご飯作っていい？　慧一みたいにいろんなものは作れないし、美味しくないかもしれないけど」

「え、本当に!?　わ……夢みたいだ、よつ葉の手作りとか小学生以来だ」

そう言われて、生まれて初めて作ったチョコレートを思い出した。

バレンタイン近くになるとクラスの女子たちの話題はその一色になり、私も作ってみたくなったのだ。

小学四年生の女子が湯煎の温度も測らずただ溶かし、百円ショップで揃えたバレンタイン用の小さなアルミカップに流し入れて冷蔵庫で冷やし固めただけのチョコレート。

もちろん、そのときにも慧一は一緒だったし、正真正銘生まれて初めて手作りチョコをあげた相手も慧一だ。

ただちゃんと固まったか確認してほしかっただけだったのだけど、ものすごく喜んでくれたのを覚えている。

その日、作ったチョコをその場でいくつかあげたあと、父と母にあげて私のバレンタインは終わった。

「よく覚えてたね。次の年からは慧一が毎年作ってプレゼントしてくれてるね。しかもなぜかホワイトデーもお菓子くれて」

「あの日もらったチョコ、記念にひとつ保存してあるんだ。型を取って食べちゃおうかとも思ったんだけど、やっぱりもったいなくて」

コーヒーに口をつけながら、懐かしむように笑っている。

「待って、まだあのときのチョコレートあるの!?　小学生のときのだよ？」

「もちろん。チョコレートの永久保存のありとあらゆる方法を調べて。そのくらい嬉しかったんだ。死んだときには、棺桶《かんおけ》に入れてほしいくらい今も大事にしてる」

何十年後かに、もしそのときが来たら。

チョコレートを棺桶に入れなければ、慧一は土壇場で私の元に戻ってきてくれるんじゃないかと想像してしまった。

第三章

よつ葉のどこが好きなのかと、今までどれだけ聞かれただろう。

『秘密』だと言ってはぐらかしてきたけれど、心の中ではいつも同じ言葉を繰り返してきた。

『生きる理由に、何を求めているのか。説明が要るのか』と。

今でも思い出す。預けられたよつ葉の家で、毎日そばにいてくれたこと。

まだ幼い子供で、俺たちは同い年なのに、よつ葉はいつも俺の面倒を見てくれようとした。

どうしても母親に会いたくて、でも言えなくて。

月の明るい、ある静かな夜。

一緒に寝かされたよつ葉に気づかれないように、俺はベッドの中で声を殺して泣いていた。

二人きりの子供部屋にカーテンの隙間から月光が差して、玩具や俺の衣類の詰められたボストンバッグを青白く照らしていた。

いつまでも慣れない空間に心細くて。預けられてまだ、一週間も経っていない頃だったと思う。

遠くに車のクラクションの音が聞こえてきて、それが心の隙間に響いて余計に寂しさを感じさせた。

このまま母親に会えず、誰も迎えに来てくれなかったら。

そんなことを考えていたら、涙が止まらなくなったのを覚えている。

男の子なんだから我慢しろ、という人はここにはいない。

だからって、他人に泣きつくような真似はできなかった。

そのとき。よつ葉は俺が泣いているのに気づいたのか、むくりと起き上がった。

俺は驚いて、慌てて目を閉じて寝たふりをしたけど間に合わなくて。

よつ葉は小さな手で、濡れた俺の頬っぺたを拭い始めた。

自分の母親に助けを求めることもなく「よつばがいるよ」と言って、頭も撫でてくれた。

薄く目を開くと、眠そうなよつ葉の姿があった。

その月の光に照らされた、まあるいよつ葉の白い頬、透けた髪、秘密とばかりに細く柔らかな声。

まるで空から降りてきて、背中に羽でも隠しているんじゃないかと思うくらいの雰囲気で。

「だいじょうぶ、だいじょうぶ、いいこ」

俺に触れる慈愛のこもった指先に、神秘的で強烈で、魂を焦がす何かを感じた。

今思えば、よつ葉はひとり泣く子供を見て、ただ幼い母性を発揮していたのかもしれない。

「いいこ……？」

「うん、いいこだよ。ひとりでおとまりできて、えらいね。あした、おかあさんにあいにいこう」

「……ほんと？」

「わたしが、つれていってあげる。おかあさんに、ぎゅうってしてもらおう」

翌日、大人の目を盗んで俺の手を強く引くよつ葉の背中を見ていた。

結局はマンションのエレベーターホールですぐに大人に見つかってしまったのだけれど、よつ葉はいつまでも俺の手を握ってくれていた。

叱られている間も、離すことはなかった。

俺をかばい、俺が口にできなかった寂しさを大人に訴えてくれた。

この子と、ずっとずっと一緒にいたい。

誰も加えないで、二人だけで、俺以外の他の人にはあげたくない。

見えない特別な、優しい小さな羽を持っている子。

あの夜からよつ葉は、ただひとりの俺だけの特別な女の子になった。

＊　＊　＊

昨夜は、あまりのよつ葉の可愛らしさと、無自覚のいやらしさに思いがけず緊張してしまった。

大事に大事に、寄ってくる悪い虫ケラを一匹ずつ捻り踏み潰して育てたふくよかな蕾《つぼみ》は、想像以上に美しい大輪の花を咲かせた。

推しが尊過ぎて死ぬとは聞くが、俺は昨晩二度ほど死んだ。

よつ葉が最高に可愛く、想像以上の感じやすさに感動したのと、それに興奮し過ぎて、いざ！というときにモノがどうにも使い物にならなかったからだ。

俺が何をした、となると職業柄いろいろとしている訳だけど、だからといってあのタイミングはひどいんじゃないか。

あまりのことにひどく落ち込んで、よつ葉には申し訳ないことをしてしまった。

情けなくて眠れずに夜を明かした訳だけど、翌日はよつ葉の提案で夫婦になって初めてのデートをすることになったのは非常に嬉しい。

正確にいえば、ちゃんとしたデートが初めてである。

海外の商品も扱う大きな雑貨店の中を、あちこち眺めながら歩く。

ここは、よつ葉の好きな変わった柄のシャツなんかの品揃えもいい。

さっきから、吊《つ》るされた一枚のシャツを見ては真剣に悩んでいる。

「こういうの、慧一のお嫁さんになったからには着ちゃダメな気がしてきた」

口を開けたサメの総柄。長袖なのでこれからの部屋着に欲しいのだろう。

「よつ葉が好きそうな柄なのに諦めようとするなんて。まだ秋なのに降雪の心配をしちゃうよ。どうしたの？」

「慧一、うちのお母さんみたいなこと言う！」

もー、とあっちを向いてしまった。よつ葉の長い黒髪がなびいてキラキラしている。

「だってさ、これから佐光の人たちとも会う訳でしょ。未来の佐光組長の……妻として……変じゃない？　急に部屋に来られたときとか」

ちら、と眉を下げて俺を見上げる仕草が激烈に尊い。

よつ葉は、部屋着限定で変わったものを着るのが好きだ。

俺もよつ葉と共通の趣味が欲しくて、昔自分で変なTシャツを買ったことがあった。それを着て、自室の鏡の前に立ってみたけれど。

似合わない。笑い出したくなるほど、絶望的に似合わなかった。

外出時には今みたいに、流行りを取り入れたおしゃれをするのに、よつ葉の部屋着は俺には似合わない変な柄の服ばかりだ。

よつ葉が着ると、可愛いのに。

本人は気づいていないのか、周りの視線を「皆は慧一を見てるんだよ」と言うけど全然違う。

ほら、あのカップルの男の方は、さっきからよつ葉をちらちら見ている。

ぎろりとよつ葉に気づかれないように睨むと、自分の彼女の肩を抱いてそそくさと店を出ていった。

はっきり言って、よつ葉は美人だ。欲目でもない、これは事実である。

お義母さんは親父さんと結婚するまで、銀座《ぎんざ》で一番の高級店で指名ナンバーワンのホステスをしていた。

その美貌《びぼう》と気概は伝説級、娘のよつ葉もその気になればすぐにテッペンを取れると、いまだにお義母さんのファンの輩たちは騒ぐ。

それらの要素をほとんど受け継いだよつ葉は、不思議なことに自分の容姿を鼻にかけることはなかった。

むしろ、気にもしていない風に見える。

そういうところも大好きだけど、寄ってくる男どもは大嫌いだ。

「組の人間は連れてこないよ。よつ葉がせめて家では自由にできるように、新居を用意したんだから。オヤジはもしかしたら来ることがあるかもしれないけど」

「おじさん、じゃないや。お義父さんなら平気、家族だもん」

「そうか。だから気にしないで、好きな服を買いな」

よつ葉は、にこーっと笑って嬉しそうに手を繋いできた。

最高だ。天国はここにあったんだな。

「嬉しい、ありがとう！　こっちの虎柄は、慧一に似合うと思ってたんだよね」

これ、と指さした一着は、口を開けた虎の総柄シャツだった。

これを着た姿を見せて、よつ葉に笑われたくない。俺は意外に繊細な男なんだ。

「よつ葉の方が似合うよ。サメと虎、二枚買おう。新居での新しい部屋着姿、楽しみだな～」

最後、わざとらしかったか？

よつ葉は俺と虎のシャツを交互に見る。

「……まあ、これから先の時間はたくさんあるからね。慧一もそのうちにこれの魅力に気づくはずだよ」

ふふっとシャツを広げて笑うよつ葉に、これは失敗したなと確信した。

ある程度の生活用品を雑貨店で選び、日にちを決めて後日配送してもらうことになった。

お昼を食べようと、手を繋いだままぶらぶらと街を歩く。

平日でもやはり人が多く、はぐれないように繋いだ手をしっかり握る。

よつ葉の好きな食べ物の中から、昼食はどの店がいいか選んでいたとき。

向かってくる人波の中に、頭ひとつ分飛び出した男を見つけた。

そいつはこっちに気づくと、大きく手を振り出す。

「……んん？　あの人って慧一の知り合い？」

「いや、違うよ」

「でも、すごくこっち見てるし。歩いてきてる」

よつ葉はまだわからないようだけど、俺はとっくに気づいた。

せっかくの初デートなのに、知り合いには会いたくなかった。

「よつ葉ちゃ～ん！　慧ちゃ～ん！　昨日挙式だったのよね、なになに、早速二人でデート？」

きゃ～！と小さく手を振りながら、デカい男がどんどん近づいてくる。

「あれっ、え、もしかしてカンちゃん!?」

よつ葉に『カンちゃん』と呼ばれた男・工藤《くどう》完治《かんじ》はバーでの女装姿とは違う。本業の彫り師を営む方の格好をしていた。

捲《まく》ったシャツの腕からはゴリゴリの彫り物が見えているけれど、世間一般でいえばファッション誌にでも本人ごと載っているような風貌だ。

黒髪短髪、眼鏡をかけて、手入れのされた綺麗なブーツを履いている。その清潔感と、腕から見えるびっしり彫られたもののギャップがえぐい。

「慧ちゃん、気づいてたのに知らないふりしてあっち向いてたでしょ！」

「知らん」

工藤の、このぐいぐい入り込んでくるところが苦手だ。だけど、不思議と殺したいほど嫌いではない。

「全然わからなかった。カンちゃんの私服姿ってこんな感じなんですね！　ドレス姿も素敵だけど、私服もセンスいい。それに彫り物をしていたんですね」

「そうよ～、バーでは彫り物が見えないよう気を使ってるから、わからなかったでしょう。ドレス姿を褒められるの嬉しいわ」

キャッキャとはしゃぐ二人は、まるで女友達のようだ。

「カンちゃんも、お出かけ中ですか？」

工藤は、一瞬にして肩を落とした。なんだか表情まで一気に暗くなった。

「今からね、友達の家に行って荷物を運び出すのよ。あんまり乗り気じゃないんだけどね」

「なんだ、彫り師の仕事じゃ食えないから運び屋をやるのか？」

ニヤニヤとわざとそんな風に聞いてみても、どんよりした表情が元の能天気には戻らない。

『何言ってんの！』なんて、笑いながらバシッと背中でも全力で叩《たた》かれるかと、覚悟して身構えてさえいたのに。

「うう……本当は行きたくないの。変なのよ、あの部屋。だけど学生時代からの友達だし、助けてあげたくて引き受けちゃったけど……」

はあ、と項垂れる工藤に、よつ葉は心配そうに話しかける。

「変って、部屋に怖い人がいるとか？」

工藤より見た目の怖い奴がそうそういるか、と想像したらおかしくて笑ってしまいそうになる。

「言っていいのかしら。こんなこと、話しても信用してもらえるかわからないけど……」

あ、これはやばいやつだ。この出だしは、だいたいあっち系の話に決まっている。

よつ葉を見ると同じくそれを察したのか、もうわくわくが止まらない顔をしている。

目がらんらんと輝いて、早く早くと話の先を急かすように何度も頷いている。

「カンちゃん、それってもしかして……」

工藤はため息をつきながら、周りを見回す。

とっくに目立ってしまっているのに、やたら小声でこう言った。

「友達の部屋にね、出るのよ……おばけが。友達は着の身着のまま飛び出しちゃったもんだから、必要な荷物を少しずつ取りに行ってるの」

工藤の友人は、動画配信を生業としている。

最初は働きながら趣味として始め、そのうちに専業になったが、貯金を取り崩し生活していたようだ。

最初はゲーム実況、それからドライブ、新商品の試食レビュー。しかし、数多いる配信者の中では目立たず埋もれるばかり。

金にもならず腐り始めたところで、一部に絶大な人気を誇る心霊系に目をつけた。

工藤いわく、その友人本人には霊感というものは全くなく、霊の存在もいるかいないかわからない、といった捉え方だったらしい。

それでも心霊系を扱う配信者の動画再生数を見て、試しに自分もやりたくなった。

初めて突撃したのは、都内でも有名過ぎるほどの広い墓地だった。

今まで散々、自分の親世代の頃からテレビや雑誌に取り上げられ、飽きられてもいるような場所。

何かあったらすぐに逃げられる。足元が悪くなく、民家も近い。少し走ればコンビニだってある。

そんな安全第一を優先した場所で行ったつたない深夜配信は、今までの自分のどの動画よりも再生数が断トツによかったという。

元々、喋りは下手ではない。動画も二十分以内にポイントを押さえ編集されているため、隙間時間に見るにはウケた。

人は一度承認欲求を満たされると、再度欲しがる生き物だ。

今度はもっと、マイナーな心霊スポットに行ってみよう。

次は、まだ紹介されたことのないところへ行ってみよう。

そうしているうちに応援してくれるリスナーと、日々増える再生数に背中を押されるようになる。

まだ知られていないスポットを、自身の動画のコメント欄やSNSのメッセージで募り始めたりもしたという。

そうしてある日、彼の熱烈なファンだと名乗る不動産屋勤めの女性から、とある事故物件を紹介された。

廃墟《はいきょ》系は許可を取らずに入ると不法侵入になり管理者から訴えられるため、今は不動産屋をきちんと通した事故物件の方が、リスクが低いということで主流になりつつあるらしい。

飛んで火に入る……とは、まさにこのことだと飛びついたという。

「……で、それがこのアパートの一室だと」

「そうなの。見た目は古いけど、部屋はリノベーションされていて結構綺麗なのよ。ただ……」

室内ではひとりきりなのに、誰かの気配がするのだという。

工藤についてやってきたアパートは、さっき出会った場所から十分ほどのところにあった。

賑やかな通りから離れた住宅街の中。

築二十年くらいは超えているだろう、二階建て鉄筋コンクリート造り。建った頃には明るいクリーム色だったであろう外壁も、時間の経過と日々の雨風に晒《さら》されて薄汚れている。

表から見て、ドアの数は八個なので、八世帯が入居できるアパートだと考えられる。

禍々《まがまが》しさは感じない。よく見る、古いアパートといった印象だ。駐輪場にはカゴに空き缶が捨てられ年月が経っているようなママチャリ一台だけが停められている。

「はー……普通のアパートに見えるけどなぁ」

よつ葉はアパートを見上げて、呟く。

「なあ、ここはなんで事故物件になったんだ？」

工藤は声をひそめる。

「部屋でね、孤独死があったらしいのよ。でもそんなのは珍しいことじゃないわ。片づけに入った清掃業者が、干からびた成人のミイラを押し入れから見つけるまでね」

あ、と思い出す。そんなニュースが去年あった気がしたからだ。結局、それが事件になったのかは覚えていない。

「こっち」と言って、工藤が階段を上っていく。どうやらその部屋は、二階にあるようだ。

階段を上がった先にある共同の通路には、四つの部屋のドアが並んでいた。奥からひとつ手前の部屋。ドアの出入口には一本だけ傘がかかっていて、その先の突き当たりには車のタイヤが四つ、収納袋に入れられ重なっていた。

それ以外は、すっきりした印象だ。

平日の午後、遠くから子供のはしゃぐ声が聞こえてくる。

平和だ。乗り気なよつ葉に釣られてついてきたけど、俺たちデート中だったんだよな。

思わず、ため息をつく代わりに遠くを見てしまう。

工藤はその一番奥の部屋まで進んだ。

「今日は、パソコン回りの機器とか頼まれた書類なんかを取りに来たの。三十分もあれば支度できると思う」

「本人は、もうここに帰るつもりはないのか？」

「無理みたいね。今は違う友達の家にいるけど、ずっとって訳にいかないじゃない？　実家に一度帰る話もしていたわ」

工藤はポケットから、部屋の鍵を取り出した。

「ワタシがいいって言うまで、絶対に帰らないでね！　慧ちゃん、あなたに言ってるの！」

必死な工藤の顔が珍しい。この様子、ここは『本物』なんだろうか。

残念なことに、俺にも霊感の類いは全くないのでわからない。

「よつ葉、怖くなったらすぐに帰ろうね」

「それじゃ、カンちゃんが可哀想だよ」

よつ葉は怖い話は好きだけど、だからって得意ではない。

部屋のドアをじっと見ている。多分、ちょっと怖いんだろう。

そっと手を握ると、ふふっと笑って握り返してくれた。

「じゃあ、開けるわ。中はそんなに散らかってないから、適当にくつろいで待っててね」

カチンッと鍵が開く軽い音がする。続いて工藤がドアを開けると、もあっとした淀《よど》んだ生ぬるい空気が部屋から一気に流れ出てきた。

狭い玄関から部屋へ上がると、左右にトイレと浴室のドアがあり、そのまま小さなキッチンの横を通ると八畳くらいのフローリングの部屋になっていた。

壁紙は新しいものに張り替えられ、フローリングも綺麗だ。

ただ、遮光カーテンが締め切られていて室内は薄暗い。

工藤が電気をつけると、部屋の全貌が見えた。

部屋の端に置かれたパイプベッド、テレビに座布団がひとつ。狭いテーブルの上はほとんどパソコン関係の機器でひしめく。

「どこで飯食ってたんだ？」

「ベッドの上じゃないかな、ほら」

よつ葉が指さすベッドの下には、口の縛られたコンビニの袋が置いてあった。

通販の段ボールが部屋の端にいくつか積まれている。引っ越してから間もなかったのか、スーツケースがタンスの代わりのようだった。

しかしなんだか妙な感じがして見回しても、その原因がわからない。

「ねえカンちゃん、その人って、ここには通っていたんですか？」

その言葉に、納得がいく。

キッチンには食器類がほぼなく、部屋には時計もカレンダーもない。引っ越してきた割には、生活用品があまりにも少ないのだ。

「いえ、通いではないわ。もし他に家があったら、友達の部屋ではなくそっちへ帰ってるはずだし……」

「なら、あれじゃない？　なんだっけ、あんまり物を持たないで生活する人……ミニマリスト！」

「そういうタイプの人間が、ゴミの入ったコンビニ袋をベッドの下に放置するのは考えづらいな」

沈黙が降りる。とにかく、何かがおかしい。

妙な空気を振り払うように、工藤はテーブルに開きっぱなしになったノートパソコンを閉じてケーブルなどを片づけ始めた。

「じゃあ、待ってる間にこの部屋の住人の動画を見ようよ。事故物件でその動画を見るなんて臨場感があると思わない？」

「確かに面白そうだ」

工藤はええっ！と拒否反応を見せたけれど、自分が荷造りを終わらせた方が早く帰れると踏んだのだろう。

いや〜や〜なんて声を出しながら、せっせと衣類をひっくり返して空にしたスーツケースにパソコンを入れ始めた。

俺は他人のベッドによつ葉を座らせるのが嫌で、一枚しかない座布団を窓際に持ってきた。

そこに座らせて、隣に腰を下ろす。

自分のスマホを取り出して、動画配信サイトを開く。

工藤に配信者の名前を聞いて検索すると、すぐに動画がいくつか出てきた。

サムネイルを見ていくと、直近で動画を上げたのが十日前。

『人気の動画』というカテゴリーがあり、一番上からこの配信者の動画で再生数が多いものが順に並んでいる。

「一番見られてるのは……『紹介された事故物件に住んでみた③』だね。かなり再生されてる」

「最新の④は……ああ、これを撮影したのはこの部屋じゃないな。多分避難した友人の家からだろう」

「なら、③を見ようか。時間ないから倍速で流しちゃおう」

小さなスマホの画面を覗くのに、よつ葉がぐっと身を寄せてきた。

押し寄せる幸福感に浸りながら、再生ボタンを押した。

動画は、この部屋で撮られていた。

前回のダイジェストだろうか、声がするという風呂場の様子が映されている。

換気扇にカメラが近づけられる。すると、微かに何かの唸《うな》り声のような、念仏にも聞こえる声がする。

驚いた配信者は脚立から転げ落ち、カメラが床を映したシーンで終わった。

場面が切り替わり、配信者は部屋の中から撮影を始める。前回の換気扇から聞こえる声の話をするその顔は、青白くげっそりとやつれていた。

固定されていたカメラが手に取られ、ぐるりと部屋を撮り始める。

時折何かの気配を感じるのか、そちらへカメラがすごいスピードで向けられる。けれど、そこには誰もいない。

配信者は窓際に再び座り込み、カメラを固定して話を始める。

最近、物がなくなる。

常に人の視線を感じる。

風呂場から声がした夜、ふと夜中に目を覚ますと、人影が立っていたように見えた……など。

精神的に、明らかに参っているように見える。

しかし再生回数イコール収入となれば、この部屋をすぐに引き払う訳にはいかないのだろう。

配信者は、次の動画では風呂場に固定カメラを設置すると言って締めくくった。

ただ、この動画のどこにこれほどの再生回数を叩き出す要素があるのかわからない。

しかし、それはコメント欄で判明することとなった。

『カーテンの隙間から、誰かが覗いている』

動画に対するコメントの中で、リスナーに一番反応されたものがコメント欄のトップに表示されるようだ。

ご丁寧に問題のシーンまで飛べるようになっていた。

「……慧一、気づいた?」

「いや、全然。見てみる?」

工藤は、やだやだやだ、やめてと騒ぐ。

そのときだ。隣の部屋から、ドンッと壁を叩かれた。

そうして、もう一度。

一瞬で静まり返り、三人で目を合わせる。

今、物音ひとつでも立てたらよくないことが起きそうな雰囲気に、場が凍る。

それでも、いつまでもこうしている訳にはいかない。

「……どうだ、もう帰れそうか？」

喉から声を絞り出す。

「え、ええ。もう行きましょう」

工藤は雑にスーツケースの蓋を閉めると、出した衣類をすべてベッドへ乗せた。

よつ葉の肩をしっかり抱いて、俺が先に部屋から出る。

廊下で工藤が鍵を閉めるのを待っている間に、風呂場の換気扇とダクトで繋がる吹き出し口の中を覗いてみた。

二階の廊下を歩いている間、誰も後ろを振り返らなかった。

アパートから離れると、ずっと黙っていた工藤が植え込みの脇でいきなりしゃがみ込んだ。

「ああー……本当に怖かったぁ」

ここまで来てやっと振り返れるのは、もうあのアパートが見えないと確信しているからだ。

「あのアパート、不動産屋に事故物件だって紹介されたんだっけ？」

「ええ、そう本人から聞いてるけど」

「それ、半分は嘘《うそ》だな」

えっ、と隣でよつ葉が声を上げる。

「そもそも、配信のネタになるような事故物件ってのが引っかかったんだ。毎日タイミングよく霊障が起こる物件なんて、そうそうない」

もちろん、全くない訳ではない。でもそんな物件は、クレームになるので貸し出せない。

「動画の中でも、事故物件が探せるサイトを開いて、ぼかしてはいたが自宅がここだと示していた。部屋番号は二〇三号室だったな」

「合ってるよね、さっき行ったのはそこだったよ？」

「うん。プレートだけ見たら、二〇三号室だ」

よつ葉と工藤が、訳がわからないけど怖い！と俺に詰め寄る。

「つまり、つまりどういうことなの、慧ちゃん！」

「何、怖いよ慧一！」

事故物件だと知っていて行ったのにこの慌てよう。工藤はともかく、よつ葉には愛おしさが増す。俺の嫁、世界一可愛い。

「二階に上がるときに、角部屋の横から階段を上っただろ。チラッとドアのプレートを見たとき、そこが一〇一号室だったんだ。あのアパートは、角から一で始まる」

あ、と工藤が呟く。

「……じゃあ、二階も、同じってこと？　そうしたら本来は、友達の部屋は二〇四号室？」

「そうだ。二階の角は〇から始まっていて妙だと思ったんだ。二階はその友達の部屋以外は空室だった。ドアポストに電気会社の入居時の冊子が挟まってるのも、目視で確認できた」

二階だけプレートが新しくなっていて部屋番号がずれているのを、その友人は気づかなかったのだろう。

「それじゃ、本物の事故物件って……」

よつ葉はすでに涙目になりながら、俺のジャケットの袖を握ってきた。

ちゃっかり工藤も反対側の袖を握ってやがる。

「つまり……さっき壁を叩いてきた方の部屋が、本物の事故物件……なんだと思う」

生々しく思い出せる。人の力と質量を持って、二回叩かれた壁の鈍い音。

それを聞いたとき、久しぶりに鳥肌が立った。

その部屋のドアポストにも、空室の証しである電気会社の冊子がしっかり入っていた。

玄関ドア付近に設置された各部屋のメーターだって、完全に止まっていた。

だから、今あの部屋は誰も住んではいないはずだ。

腰が抜けたようにへたりと座り込む二人に、霊障ではない話もした。

帰りに吹き出し口を覗いてみたら、何かを貼りつけた跡が内部に残っていた。

そこに音声を流せる小さな機器を貼りつけ、その音がダクトを通り換気扇から聞こえるようにしたのだろうと。

リモートでスイッチの切り替えができる機器を選べばいい。

部屋から物がなくなるのは、実際に人が密かに出入りしていた可能性があること。

人の視線を感じるのは、室内設置が義務づけられている火災報知器にでも監視カメラを仕込んでいるかもしれないからと話をした。

「好きな有名人やアイドルが、もし自分の生活圏内で暮らし始めたらどうする？　普通は浮かれても、表面上は冷静に当たり障りなく自身も暮らすはずだ。だけど、そうじゃない人間だっている」

好きな人の私物が欲しい。好きな人の生活を覗き見たい。好きな人の手伝いがしたい。自分しか知らない、姿が見たい。

ただ、『本物』を紹介して霊障に遭い、逃げられたらたまらないので、『本物』の隣の部屋を紹介して、自分が霊障もどきを起こせばいい。

そう考えて、わざわざプレートまで付け替えた人間がいてもおかしくない。

その人物が仕事柄、友人の部屋を含むマスターキーの複製を作れる立場にいたら。

「不動産屋に勤める配信者のファンだという女性は、もしかしたら一時は隣に……事故物件に住んでいたのかもな。だけどもう引っ越している」

友人が寝静まるのを監視カメラで確認し、そっと室内へ侵入し寝顔を眺めたかもしれない。

不在を狙って、物を盗みに入ったこともあっただろう。

ただ、それなりに霊障もあったと予想ができる。

配信者が逃げ出したタイミングで、自分もついに部屋を出たのかもしれない。

「だからつまり、生きてる人間が一番怖いって話だよ」

「いや、死んでる人間も怖いわよ！　壁殴ってきたんだから！　死んでるのに！　どうやって⁉」

「どっちも怖いけど、ヤクザの慧一が言うと……おかしくて。あははは！」

よつ葉は恐怖とおかしさが入り交じり、涙を浮かべながら笑い出す。

俺はさっきのアパートより、このカオスな状況に若干の恐怖を感じ始めた。


工藤と別れる頃には、夕方近くになっていた。

二人でホテルに戻り、早めにレストランで夕食をとった。

すっかり陽が沈み夜になると、夜景が綺麗だというのに、よつ葉はカーテンをすべて閉め切ってしまった。

ソファーで隣に座りながら、ちらりと窓辺を気にしている。

「ごめんね。やっぱり、ちょっとまだ怖くて」

「いいよ、気にしないで。映画でも見る？　それとも、夜の散歩にでも行ってみる？」

そう聞くと、すりっと身を寄せてくる。

「あのね、お願いがあるの」

「ああ、デザート食べに行きたくなっちゃったかな。メニューにあった栗《くり》や葡萄《ぶどう》の乗ったタルト、悩んでたもんね」

違くて、とよつ葉は顔をどんどん赤くする。その様子に、昨夜の真っ白な肌や滑らかな触り心地を思い出して手に汗をかいてくる。

そうだ。予定外の事故物件ツアーで頭の隅に追いやられていたけど、今夜はリベンジするって宣誓したんだった。

「今夜、お風呂のとき……」

「お、お風呂のとき!?」

一瞬にして膨大に妄想が膨らむ。

これはもう、よつ葉からお風呂に一緒に入りたいとおねだりされるパターンしか想像できない。

もしそうなら髪も体も、隅々まで丁寧に俺が洗ってあげたい。

念入りに触って、くすぐったいと照れたよつ葉から叱られたりもしてみたい!

ああー……、こんなの想像してるなんて知られたら引かれるかな。だけど。

宇宙誕生のビッグバン並に、遥《はる》か遠くただ先へ妄想は広がるばかりだ。

結婚、最高が過ぎる。

「私がお風呂のときにね」

「うん。もう俺に全部任せて洗わせ――」

「見張っててほしいの、脱衣所で。おばけがついてきてるんじゃないかって……気になっちゃって」

申し訳なさそうに俺に頼むよつ葉の澄んだ瞳を見て、穴があったら入りたくなった。なければ掘る。無理やりにでも身を隠して、この暴走した妄想を口にしかけた恥ずかしさをやり過ごしたい。

いっそもう、このソファーの下に潜り込んでしまいたい。

そんな気持ちだけを足元のソファーの隙間に押し込んで、満面の笑みを作る。

「いいよ。見張ってるから、ゆっくり入りな。今日は疲れただろうし」

あえて、事故物件で怖い思いをしたからとは口にしなかった。

「ありがとう！　笑われるかと思ったけど、思いきって頼んでみてよかった」

えへへ、と体重を俺に預けて寄りかかるよつ葉に、さっきまで恥ずかしくてたまらなかった気持ちがじわじわ解かされる。

降参だ。どんなに取り繕っても、無駄だってわかる。

よつ葉の頭に自分の頭を乗せると、くすくすと笑う振動が伝わってきた。

格好つけたいのに、最近はそれができなくて困る。つい体や言葉で先に気持ちを伝えてしまう。焦ったり慌てたり、子供の頃に戻ったみたいだ。

だけど、幼なじみのときよりもずっと近いところによつ葉を感じられる。

結婚できたことからくる安心感が、甘い蜂蜜みたいに俺の足元を搦《から》め捕る。

もたついて立ち止まっても、隣にはよつ葉がいてくれる。

「幸せだー……」

緊張感のない、気の抜けた自分の声。ただ素直な気持ちが言葉になる。

昨日落ち込んで眠れなかったことも、大事な初夜で失敗したことも、忘れられないけど自分を許せそうな気がしてきた。

目を閉じる。よつ葉の風呂の見張りをしなくちゃいけないのに、まったりとした雰囲気に気が緩んでしまった。

「……見張りも頑張るけど、本当は一緒にお風呂に入りたいなぁ」

自分の心の声がリアルに聞こえた。静かな部屋だからか。

よつ葉が隣で、もぞりと身じろぎする。

「え、い……いいよ」

消えそうな声。何が、いいんだ？

「本当はね、ひとりで入るのも怖かったから……一緒に入ってくれたら嬉しい」

カッと目を開けると、つけていない大型テレビが二人で並んで座る俺たちを反射して映していた。よつ葉は、ちっちゃくなって俯いている。

照れている。そして返事、俺からの返事を待っているのか!?

膝の上で握られていたよつ葉の手を取り、向き合って答える。

「うん! めっちゃ入る、一緒に入る! これから毎日一緒に入ろう!」

それならおばけも怖くないよ!と、取ってつけたように言い加える。

「ま、毎日は恥ずかしいよ……!」

真っ赤になって泣きそうなよつ葉と、これからどうやって楽しくお風呂に入ろうか再び妄想が弾けそうなほど膨らんだ。

その夜、一日遅れとはなったが無事に初夜を迎えられた。

ベッドの上、再戦の合図のキスは緊張からぎこちなくなってしまったけれど、息継ぎの合間に切なく可愛らしい声を上げるよつ葉にすっかりメロメロになってしまった。

好きだと想う気持ちはここが最大限だといつも思っていたのに、漏らされる甘い声が耳に届くたびに、そこを超えてもっと心が熱くなっていく。

昨日よりも、もっともっと好きで、大好きで愛している。

そうよつ葉に伝えると、私もだよ、と覆いかぶさる俺を両手で引き寄せて抱きしめてくれた。汗ばんだ肌がピッタリと重なると、ドキドキと跳ねるよつ葉の鼓動が柔らかな胸越しに伝わってきた。

俺、生まれてきてよかった。

幸せ過ぎて、息が止まりそう。

素直に言葉にすると、よつ葉は俺を抱きしめる腕に力を込めて、「人工呼吸いる？」と悪戯っぽく耳元で囁いた。

後日。工藤の友人は、実家に帰ったと聞いた。

部下に調べさせたところ、例の不動産屋に勤めるファンの女性は退職したという。きっと工藤の友人のあとを追いかけていったのだろう。契約書などで実家の住所も知っているだろうから。

あの事故物件は、オーナーと管理する不動産屋と掛け合い、土地と建物まるごとうちのフロント企業で買い上げた。

扱いに困り参っていた、遠方で暮らすオーナーからはだいぶ感謝され、残っていた僅かな住人全員を引っ越し金と新たな住まいの面倒を見て追い出した。

配信のおかげで有名になった部屋を、あのままにしておくのはもったいない。

事故物件は今や、金のなる木なのだ。

あの部屋を『事故物件』として、心霊系配信者に貸しスタジオのように使わせる商売を始めた。

かなりの問い合わせとそこその霊障はあるらしく、いいシノギになっている。

ベランダから人の気配がする。物音がする。真っ黒な人間が部屋を徘徊《はいかい》するという話まで出てきている。

当初の頃から、だいぶ霊障がエスカレートしているようだ。

『何か起きてほしい』、そういった人間の強い気持ちが、隣からソレを部屋へ呼び込んでいるのだろうか。

例の隣室。二〇二号室は貸し出しと立ち入りを絶対禁止とし、手をつけずそのままにしている。

第四章

佐光組は古くから関東一円で力を持つ和山会の二次団体で、組長は和山会の幹部だ。都内一等地、広い敷地に構えた大きな日本家屋の住居。そこは事務所も兼ねている。家屋をぐるりと囲むように白く高い塀がそびえ立ち、中を窺うことは難しい。正面、裏口の要所には監視カメラが設置してあり、要塞にも似た雰囲気を醸し出す。正面の門からは黒光りした高級国産車がたまに出入りしているが、普段は近隣の住人に迷惑がかからないように静かだ。

だが、事務所の地下では様子が違っていた。

さっきからくぐもった唸り声と、肉を殴打する鈍い音が時折聞こえてくる。

佐光組長は音が聞こえる方に目もくれず、革張りのソファーにどかりと座り煙草をくゆらす。

二十畳はある広さの地下室の端には、手足を縛られ猿ぐつわをされたチンピラが二人転がっていた。

それを囲む佐光組の組員が四人、手にはゴルフのドライバーを持つ者までいる。

手足の自由、そして言葉を発する権限さえ奪われたチンピラたちは、大きく腫らした顔で必死に命乞いの表情を作り、頭からは血を流していた。

「慧一、もうひとりのガラはどうした？」

「はい。今匿っている女からタレコミがあったヤサに、何人か向かわせています」

組長はひと際大きく煙草を吸い上げて、ゆっくりと煙を吐き出した。

「まぁた、面倒なことになったなぁ」

「すみません」

「枝のやったこととはいえ、佐光のもんだしなぁ。早くもうひとりも捕まえんと、示しがつかないぞ？」

「……はい」

「七原もこの件については、相当の被害を受ける。和山のおやじも気を揉んでる。なんせ相手には日本の常識が通じない」

頭によぎるのは、あのクソムカつく金髪野郎だ。

「ロッソのファミリーも、まだ日本では好き勝手はできない。ただなぁ、あそこのボスは頭もキレるし、イカれてる。アンダーボスの息子も、似たようなもんだ」

ロッソファミリーは、イタリアに拠点を置くイタリアンマフィアだ。七原組の組長と前ボスが知り合いで、多額の権利金と引き換えに七原組がシマの賭博場をロッソファミリーに貸している。

七原組は都内に限らず関東の繁華街で、ネットカフェを装った一般人向けの闇カジノをいくつも運営して資金源にしている。

その中でもハイクラス向けのカジノの場所は、佐光組のフロント企業で都合をつけることもある。

十数年前にこの高級裏カジノの話を持ちかけられたとき、ホテルまるごと買い上げたのも佐光だ。

七原は地下のフロアだけを佐光からさらに買い、ロッソに貸す形になった。

場所は都内高層ホテルの地下にあり、ワンフロアすべてが賭博場になっている。

表向きには巨大なアミューズメントカジノバーで通っているが、実態は裏カジノだ。

紹介制の完全会員制で、確かな身分が証明されないと、誰かの連れでも立ち入りは許されない。

外国人向けの高級裏カジノは巨額な金が動くため、今では組の立派な収入源のひとつとなっている。

今回、佐光の枝、末端のチンピラが薬物売買禁止のカジノでディーラーを通して薬を売ったものだから、状況を確認したいとイタリアからアンダーボスがわざわざやってくることになった。

前ボスは自分の妻、現ボスのベルタ・ロッソに粛清されており、今回のアンダーボスである息子の来日には界隈がピリついている。

「関わった奴を全員首揃えて差し出さないと、何をされるかわからん。ただでさえ……なぁ？」

ちらりと俺を見る、組長の真っ黒な瞳。

よつ葉の姿が浮かんで、固く拳を握りしめた。


ロッソファミリーのアンダーボス、サムエル・ロッソがよつ葉に会いたいと言っている。

サムエルとよつ葉は幼い頃から何年か前まで、数度顔を合わせている仲だ。

日本語も完璧に習得済みで、それもよつ葉のためだと抜かす。

ここで憎たらしい事実がひとつ。

幼かったよつ葉の初恋相手は、海外から来た金髪で王子様のような風貌の四つ年上の子供。つまり、サムエル・ロッソだった。

「サムエルに会うの、どのくらいぶりだろう。五年ぶり、もっとかな？」

「そのくらいになるかもな。ボスが代わったとき、わざわざベルタ・ロッソ自身が挨拶に来日したけど……今回はアンダーボスと幹部だけだ」

よつ葉が用意してくれた朝食をとる幸せな時間なのに、話題がサムエル・ロッソなのはいただけない。

朝の明るい日差しがリビングに広がって、新調されたばかりの家具たちを照らす。

真新しいテーブルに並べられた、よつ葉が作ってくれた朝食。

ふっくらとした焼きサバに根菜の煮物、大根おろしが添えられただし巻き卵。かぶの漬物は、お義母さんが漬けたものだ。

熱々の味噌汁《みそしる》の具はよつ葉の好きな、豆腐となめこ。俺も大好きだ。

二人で選んだ食器に盛られて、身をもって新婚気分を感じている。

夫婦茶碗《めおとぢゃわん》にふわっと盛られた白米の輝き。毎朝幸せと米を一緒に噛み締めている。

よつ葉も、新居での二人きりの生活に少しずつ慣れてきている。

サプライズでグランドピアノをプレゼントしたかったけれど、高層マンションでは搬入がネックになってすぐには設置してあげられなかった。

階下への振動音などを心配するよつ葉のために、ひとつ下の階の部屋も買い上げる考えはある。

調べるとピアノはバラしても搬入できるらしいので、もう少し落ち着いたらプレゼントしたい。

こんな楽しい計画を立てていたのに、面倒な問題が起きてしまった。

よつ葉に心配をかけたくないから平静な顔を作ってはいるけど、内心は穏やかではいられない。

ふっと気を抜くと、すぐに眉間に皺《しわ》が寄ってしまう。

できることなら、今から三ヶ月くらいよつ葉をどこかに隠してしまいたいほどだ。

「前は七原でファミリーの宿泊先を手配したけど、今回は断られたんだってお父さんが言ってた」

「ロッソ側はこっちに動きを知られたくないのかもな。でもその割には、よつ葉に会いたがる」

「小さい頃から会ってるし、ちょっと今回も顔を見とこうって感じなんじゃない？サムエル、女性に優しい生粋のイタリア男だもん」

綺麗に焼けただし巻き卵を小皿に取って、よつ葉はけろりとそんなことを言う。

「……やだなぁ。よつ葉を会わせたくない、俺のお嫁さんなのに」

サムエル・ロッソは今回、来日の目的のひとつに、よつ葉との面会を伝えてきた。

建て前は、結婚の祝いをしたいと言っている。

「うーん……今回は先方の機嫌を余計に損ねたくないからね。実際カジノを仕切ってるのはロッソなんだから。あっちにも責任あるのに」

そう言って、ひと口大に箸で切った卵焼きを口に運んだ。

その通りなのだけど、そこをかいくぐって薬物売買をしていたのは末端のチンピラとはいえ、うちの組の人間だ。

「ロッソ側はもう、共謀した人間を捜し出したみたいだ。ディーラーだったらしいけど、どうそいつを処理したのか情報はない」

多分、もしかしたら、もう。

日本で人ひとり消せるルートを、こちら側に知られずすでに持っていることに驚く。

「そもそも、外国人向けのカジノになんて日本人が出入りするのも難しいからね。なら、すでに働いてるスタッフを売人にするしかないか。ロッソのシノギでよくそんなことしちゃったよ」

「よっぽど金に困ってたか、自分自身が薬漬けだったか……」

それはありそう、とよつ葉は頷く。

ロッソが経営する裏カジノのスタッフは、ほとんどがロッソの幹部が選抜した母国イタリアの人間かその関係者だ。

よっぽどの紹介がなければ日本人はカジノに入れない。あの空間は日本にあっても日本ではない。

完全に治外法権の秘密の空間で、夢と享楽の果てに巨額の金が日々動いている。

その信用が揺らぐ案件に、ロッソもとうとう直に動き出した。

裏カジノの場所を貸している七原、そこで問題を起こした佐光、スタッフを監督できなかったロッソファミリー。今回どう手打ちにするのか。

ヤクザも昨今はようような法の整備によって、活動資源を得るのが昔より難しくなってきている。

だからこそ、こういったことが大問題になる。

「とりあえず、私は普通にサムエルに会ってくるよ。ご機嫌取りなんてしなくていいって、お父さんに言われてるから、いつも通りにね」

「ついていきたい。よつ葉の腰にしがみついてでも一緒に行きたいけど……」

サムエルをよつ葉に会わせることに、最初は大反対した。

オヤジには叱責《しっせき》され殴られたけれど、そんなのはどうでもいい。

「慧一は佐光の若頭だから。立場上、今はマズイでしょ。まあ、その奥さんである私にだけ会いたいってのも、どうかと思うけど」

七原組長の親父さんと幹部、それによつ葉まで今回は成田へサムエルたちを出迎えに行く。

親父さんと一緒ならと、断腸の思いで受け入れた。

サムエルのご機嫌取りはしないけれど、それなりの待遇で迎えるそうだ。

佐光は逃げた最後のひとりを見つけたので、関わった人間を必要とあらばいつでもロッソ側に引き渡す用意もできている。

ただ、佐光の監督責任を問われると難しくなってくる。

マフィア相手にやり合いたくはないが、礼儀は通さなければいけない。

金か、それとも……。

「よつ葉がもし何かされたら、ロッソと戦争する覚悟だから。何を言われても、絶対に鵜呑《うの》みにしないで。あったことは隠さず俺に報告して」

誰に止められようと、関係ない。

何をしてでも、誰を使おうとも。よつ葉に何かしたら絶対にサムエルをイタリアには帰さない。

「何かされたら、慧一がやる前に私がひとりでサムエルをどうにかしちゃうかも。ただ見せしめのためだけに、プライドを踏みにじられるのはごめんだもの」

ニッと、よつ葉が笑う。

こういうとき、七原の親父さんが、よつ葉がもし男に生まれても跡目は継がせられないと言った気持ちがわかる。

よつ葉が、七原組を継いだら。

きっと誰よりも早死にするタイプだからだ。


翌日、お昼前に七原の親父さんと幹部数人がマンションまでよつ葉を迎えに来た。

これから午後一で成田に着くイタリア勢を迎えるためだ。

よつ葉は白いブラウスにワイドパンツ、ノーカラーの若草色のジャケットを肩からかけ、七原組の娘、佐光組若頭の妻らしく凛とした表情で車に乗り込んでいった。

気の抜けた部屋着が好きだったり、普通の女の子に見えるけれど。本質はやはり極道の娘なのだと改めて思い知る。

よつ葉が嫌だと言うなら、連れ出して隠して絶対にサムエルに会わせない。

だけど、よつ葉は自分の役割や立場をよくわかっている。

『生《い》け贄《にえ》じゃないんだから』と笑いながら、この状況を自分の行動でどのくらいまで優位に持っていけるかを考えている。

それを黙って利用する組長たちに怒り、何もできない自分にも腹が立った。

よつ葉たちをマンションから見送ったあと、佐光の事務所へ向かった。

正面に車で乗りつけると、すぐさま数人が出迎えに早足で出てきた。

キーを若い衆に預けて、事務所へ入る。

殺気立っているのがわかるのか、構成員たちがいつもよりずっと気を使ってきた。

この間地下に連れてきた連中は、まとめて別棟へ移動させた。血で汚れた床も綺麗に掃除されて、カーペットも新しくなっていた。

「お疲れ様です。報告です。向かいのアパートで公安の出入りが確認されています」

事務所で待っていた若頭補佐の志垣《しがき》が、仰々しく報告をしてくれる。

俺より十も年上で、常に冷静沈着。まるでサラリーマンのように礼儀正しく、そばに置いていても不思議と嫌な気持ちにならない男だ。

ヤクザなのに妙なクセもなく顔も割といい方なので、飲み屋では女性スタッフに一番モテる。ただ、酒に弱く俺とサシ飲みができないことが惜しいところだ。

「ただのチンピラだと思っていたが、別件でも何かしてたのか？」

「いえ。もしかしたらですが、視連に丸め込まれている最中だったのかもしれません。どこかで薬のことがバレて、佐光に捕まったと情報を知ったのでしょう」

視連。組対四課の暴力事件情報係にある『視察連絡班』の略称だ。

密かに組内部の人間に接触し、金銭を渡し続けその対価に情報を得る。

末端のチンピラを協力者に育てても、組を壊滅《かいめつ》させるような情報などは知り得ないだろうに。

「チンピラどもに、幹部に繋がるコネがあった？」

「それもありませんでした。ただ……」

志垣は、顔を曇らせる。

「奴らは、チャイニーズ系の半グレと付き合いがあったようです。うちでは扱わない薬をディーラーに流していたので、そこをきつく詰めてみたら吐きました」

半グレは暴力団対策法の適用外にある不良集団のため、ヤクザより勝手な行動ができる。

過去には一般人を巻き込んだ傷害事件も起こしており、ある意味ではヤクザより厄介で凶悪な存在だ。

チンピラ、視連、半グレ、と聞いて点が線で繋がり始める。

「……もしかして視連はうちでなく、半グレを探るのにチンピラに近づいたのか。それに、チンピラ風情がロッソのカジノ関係者と繋がるなんておかしいと思ったんだ」

「そう考えると……」

ディーラーと先に繋がっていたのも、薬をディーラーに渡すようチンピラに流したのも、半グレだ。

「ああ。半グレがチンピラに接触した理由もわかる。ロッソと和山系の関係が揺らげば、ごたごたしているうちに入り込む隙ができるからな」

関東で影響力を持つ和山会がロッソと内部で揉め始めれば、第二、第三勢力が途端に力を持ってくるだろう。

ただでさえ、シマの一部を海外勢力に貸していることに渋い顔をし続ける人間もいる。

だが、ロッソファミリーとの繋がりがあることで、日本で最大の金を生むシマに安易に手を出せない他の海外勢もいることは確かだ。

ロッソは、ここでは狂った番犬だ。いつこちらに噛みついてくるかわからないまま、囲いのある庭に放ち、その中で金の卵を産む鶏を守らせている。

侵入者を睨み強く威嚇する反面で、何を考えているか正直わからない。

狂犬は飼い慣らすことができない、それを常に頭に置いて接しなければならない相手だ。

「つまらないことで事務所に踏み込む理由を公安に与えて、監禁しているチンピラを見つけられたら面倒だ。若い衆には、しばらくは静かにしているようにと伝えてくれ」

「はい」

よつ葉の前では絶対に吸わない煙草をくわえると、すかさず志垣が火をつける。

燻《くすぶ》る火が葉を焼き、苦味を含んだ煙を思いっきり肺に入れる。

「……俺の新居にも、マークがついてると思うか？」

「まあ、私が公安だったらつけますね。連中は多分このごたつきも、ロッソが来日することも知っていると思います。それに七原との繋がりを考えると……」

「ああー……よつ葉との愛の巣なのになぁ。それに、可愛いよつ葉を公安の野郎が監視してるなんて……殺しちゃいたい」

ううっと眉間に皺を寄せて泣き真似をすると、志垣は……くっと、笑いを噛み殺し損ねていた。

夕方になり、組長が外出から帰ってきたりと事務所が騒がしくなる頃。

七原の幹部に一度連絡を取ってみようかと考えているとスマホが鳴り出した。

ディスプレイには、よつ葉の名前が表示されている。

ロッソとの会食は終わったのか？　迎えが必要なのか？

「もしもし、よつ葉？」

『慧一、ごめん。これから予定ってある？　今、事務所？』

妙に焦ったようなよつ葉の声に、胸がざわざわする。

「うん、事務所。もう帰れそう？　すぐに迎えに行こうか？」

俺の言葉に、すぐに若い衆が車を車庫から出すために立ち上がる。

『あのね、実は――』

その声にスーツのジャケットを掴み立ち上がると、ひとりが車を回すために部屋から飛び出していった。

「やっぱり日本のクレープは最高だ。山のように盛った生クリームに、アイスも入ってる。それにチョコソースも……ああ、日本に来たんだなってやっと実感できた」

青い目をキラキラさせて、金髪のデカ男、サムエル・ロッソが生クリームたっぷりのクレープにかぶりつく。

ハリウッド俳優みたいな男の意外な行動と姿に、クレープ屋に並んでいる女性たちの目が釘《くぎ》づけだ。

金髪の王子様は、ムカつくほど見目麗しい男らしい王様に育っていた。

イタリア人では珍しい金髪は、母方の祖母が北欧の出身だかららしい。そんなことを以前、よつ葉に説明していたのを横から聞いた。

金糸のように輝く髪は、奴を特別に目立って見せる。

「なんでわざわざ、人の多い原宿《はらじゅく》まで来て並ぶんだ？　ロッソなら店のひとつも貸し切れるだろう」

すると、やたらとリアクションの大きな仕草で『は？　お前は何を言っているんだ？』と言わんばかりにサムエルは目を見開く。

「慧一は何もわかってないな。皆と一緒に並んで、今日はどれを食べようかわくわくしながら決めるんだぞ。それも楽しみのひとつだよ」

ふふん、と鼻を鳴らすイタリア男のムカつくこと。

日本語が流暢《りゅうちょう》だから、余計にイラッとする。

「ごめん！　お待たせ、大丈夫？　ケンカしなかった？」

よつ葉がアイスコーヒーとクレープを持って、受け取りから戻ってきた。

「ケンカなんてしないさ！　慧一と仲よくお喋りしていたんだ」

ほんと？とよつ葉が俺を見上げる。

「……うーん、ケンカはしてないかな」

にこっと笑いかけると、まあいいかとアイスコーヒーを手渡してくれた。

よつ葉からの電話は、会食後にサムエルに今から原宿でクレープが食べたいから行こうと誘われているというものだった。

クレープなら原宿でなくとも、それに幹部と行ってきて、とやんわり断っても聞いてくれない。

なら、俺も一緒なら行くと条件をつけたところ、それをあっさり承諾したという。

「急に呼び出してごめんね」

「いや。よつ葉が、俺と一緒にと言ってくれてよかった」

サムエルの勢いに負けて、二人きりで行動なんてしていたら連れ戻しに行くところだった。

サムエルとは、よつ葉ほどではないが顔を合わせている。二人きりにしたくなくて、サムエルが来日するときには無理やりでも押しかけた。

四つ年上のイタリア男は、やれやれという表情を浮かべていたのを思い出す。

今日も、こいつは爆速でかけつけた俺を見て、あの頃と同じ顔をしていた。

道の端でクレープを立ち食いする外国人と、その友人たち。一見、そんな風だろうか。ロッソの幹部たちは、見える範囲には確認できない。

まさかこんなところで、ヤクザとその妻、それにイタリアンマフィアがクレープを食べているとは思わないだろう。

自ら真ん中に挟まったよつ葉と、三人で道行く人間を眺める。

『……慧一、今回の件なんだけど。関わった佐光の人間が捕まらないんだ。もしかして、匿ってない？』

さっきまで日本語だったのに、今更イタリア語で話しかけてくる。わかる人間にでも聞かれたらどうするんだ。

だけど、こんな風に人に紛れて話すのはいいかもしれない。サムエルにもすでに公安からマークがついているかもしれないから。

青い目は遠くを眺めていて、こちらを見ない。

『匿ってなんかない。全員こっちで捕まえてる。希望があるならそのまま引き渡すつもりだ』

『佐光は、それで今回のことはなかったことにするつもり？』

まるで世間話のように、さらりと言ってくれる。

そのとき。真ん中から、大きなため息が聞こえた。

『ねえ。ロッソファミリーは、自分たちの管理責任については棚に上げるつもりじゃないでしょうね？』

よつ葉も、イタリア語で会話に加わってくる。

将来は海外に音楽留学することを夢にしていたよつ葉は、子供の頃から語学のレッスンを受けていたので、英語やイタリア語、ドイツ語の日常会話くらいだったら喋れる。

子供の頃から一緒にレッスンに通った俺も、それなりには喋れるようになっていた。

『僕たちに責任があるとでも？』

『責任の半分は佐光、残りは七原とロッソファミリーだと思うわ。全面的に佐光だけを責めるのは変よ』

『じゃあ、まずは佐光の監督者にはそれなりに責任を取ってもらわないとね。例えば慧一とか……ただ、条件をクリアしてくれたら佐光にはもう責任は問わないよ』

次第に辺りは陽が落ち始め、街灯やネオンに人工の光が灯る。

帰宅を急ぐ人と、これから街に繰り出す人とが入り交じり賑やかなのは変わらずだ。

色とりどりに着飾った若い女の子たちが、はしゃぎながら目の前を通り過ぎていく。

サムエルはとっくにクレープを食べ終えて、赤と白のチェック柄の包み紙をくしゃりと握り潰した。

『条件は、なんだ？』

『ママがね、今回のことではとても心を痛めているんだ。薬物が大嫌いだからね。だから、僕はそいつらの首を揃えてママに見せてやりたい』

首なんて、途端に血生臭くなる。けれど驚くことはない。ボスのベルタ・ロッソの薬物嫌いは、自分の旦那を殺すくらいだと界隈では有名だ。

半グレとロッソファミリーが手を組めない理由も、そこにある。

そして、そのボスに心酔するアンダーボスの息子のことも。

『その首をね……よつ葉に用意してほしいんだ。旦那の不始末を清算してこそ、妻ってもんだろ？　ママもそうした。それに、さっきの意見は七原の者から、と受け取るよ』

よつ葉にそんなことをさせようとするなんて。一気に頭に血が上る。

ただ、その瞬間に俺の手を華奢《きゃしゃ》な手が掴んだ。

『……わかった。七原の者として、その約束を守るよ。だから、サムエルも自分の発言の責任はちゃんと持ってね』

冷静なよつ葉の様子に、サムエルが小さく口笛を吹く。

『首、揃えて……ね。わかったわ』

『いいね、よつ葉のその怖気づかないところ。性格も美しい姿も、僕のママにそっくりだ』

『私、あんなにゴージャスでも美人でもないわ。そういえば、お元気にしてるの？』

『ああ。娼館《しょうかん》の女の子たちに、勉強を教える場所を作ってるよ。学校に通ったこともない、文字もろくに書けない子も中にはいるから』

ベルタ・ロッソがボスの座についてから、シノギの一部である娼館経営にかなりの梃入《てこい》れがされている噂《うわさ》は本当のようだ。

教養を身につければ、それは客と渡り合う武器になり、また生涯誰にも奪われない宝となる。

『それはとてもいいね、体を張って働く女性を尊重してくださってる』

『ママは女の子たちを大事にしているんだ。パパはそれができなかったからね、残念なことにバチが当たったのは当然のことだ』

ロッソはにこやかにジャケットを探り、手帳を取り出すと一枚を破ってスラスラと何かを書き出した。

よつ葉は、俺の手を握る力を緩めない。プライドがあるのだろう、口出しをするなと言っているようだ。

『これ、僕たちが泊まってるホテル。明日の朝まで待つから、よつ葉、頑張って』

メモをよつ葉に渡し、『じゃあ』とサムエルは人波に紛れていった。頭ひとつもふたつも飛び出して、目立っている。

その先で、なぜか立ち止まった。

「……あれ、サムエル、またクレープ屋さんに並んでない？　慧一から見える？」

「うん、あいつ、また並んでる。こっちをちらちら見てくるよ、気まずいのか？」

「自分がぱくぱくクレープ食べるのが、幹部からママに伝わるのが嫌なんだって。だから私と話があるなんて言って抜け出して……別に恥ずかしくないのにね」

ふは、とよつ葉が笑い出して、握られていた手の力が緩んだ。

「……さあ、サムエルに約束守ってもらうには、まず私が頑張らないと……あらま、結構いいホテルに泊まってるみたい」

ぴら、と見せてくれたメモには、外資系高級ホテルの名前があった。きっと、オーナーが知り合いかカジノの客なのだろう。

よし！とよつ葉が自分に気合いを入れた。

「よつ葉が手を汚す必要はない、全部俺がやるから……！」

「慧一、聞いてたでしょ？　サムエルは七原の娘の私に言ったの。だから私がやらなきゃ、七原の名前に泥を塗ることになる」

俺を見る瞳は、妻ではなく七原の人間のものだった。

「準備の買い物があるから、付き合って！」

よつ葉は俺の手を強く握って、歩き出した。


すべての準備が終わり、ロッソたちが泊まるホテルに着いたのは日付が変わる少し前だった。

よつ葉はがくがくと震える腕を、助手席でさすっている。

見張りなのか、それとも俺たちを待っていたのか、車をホテルの出入口へつけると車寄せに外国人が何人か一斉に集まってきた。

『荷物を降ろすのを手伝って。今からサムエルのところへ運ぶから、それもお願いしたいの』

ぎょっとした表情を見せたが、さすがイタリアの男。女性に頼まれると文句も言わずにトランクからスーツケースを降ろしてくれる。

『おい、これは何が入ってるんだ？』

『サムエルがママに見せたいものよ。小さくして詰めるの大変だったんだから』

よつ葉が肩を竦めながらイタリア語でそう言うと、中身を想像したのか聞いた大男は眉をひそめた。

男たちが先導する形で、高層ホテルの最上階へ向かう。ワンフロアを貸し切っているようで、エレベーターホールに着いてもずいぶんと静かなものだ。

廊下に敷き詰められた絨毯《じゅうたん》のおかげで、スーツケースの車輪の音もさほど気にならない。

スイートルームが数室だけのフロアのようで、客室のドアが少ない。

その廊下の最奥へ進むと、ドアの前にはまた男が立っていた。

俺たちが着いたことを大男が伝えると、ドアの前の男は中に小さく声をかけたあとに開けてくれた。

一面ガラス張りの向こう側は、東京の夜景が広がっていた。中央に設置された革張りのソファーから、サムエルが立ち上がる。

すでにリラックスした部屋着姿で、テーブルにはワインの瓶と注がれたグラスまである。

「やあ、いい夜だね。来るのが早くて驚いたよ」

「まあね。おかげで今も、腕がぶるぶるしてる」

よつ葉がサムエルに細腕を見せつけると、楽しそうに笑い出した。

「で、持ってきてくれた？」

よつ葉が大男の方を見る。

男は、車から降ろした大きなスーツケースを、三つサムエルの前に並べた。

人がひとり、無理をすればギリギリ入りそうな、スーツケースが三つ。

「……これは？　首にしては、大荷物じゃないか」

「私は、ちゃんと『雁首《がんくび》を揃えて』持ってきたわ」

「がんくび……？」

サムエルが目線をつい、と大男にやる。

大男は、スーツケースを端から開けていく。

そこには、手足を縛られ猿ぐつわをされ、小さく折り込まれ詰められた男がスーツケースにひとりずつ入っていた。

全部で三人。佐光で監禁していたチンピラどもだ。

気絶させてきたから、ぐったりとして声も上げない。

「日本では、人を並べた様子を汚い言葉で『雁首を揃える』っていうの。だから私は、全員ちゃんと連れてきたよ」

日本語って、奥が深いね。なんてサムエルに笑いかける。

「首だけ欲しいのなら、自分でやってね」

よつ葉は、姿勢を正す。

「今回のことは、こちらも監督責任があると思っています。七原は権利金をもらいながら、異変や変化に気づけなかった。夫も同じく、責任を感じています」

すみません、とよつ葉が頭を下げる。

その姿を見て、サムエルは大きく感嘆の声を上げた。

「よつ葉……君はなんてクレイジーで素敵なんだ。頭もよくて……！　でも、こんなふざけたことをして、怒った僕に殺されるかもしれないって思わなかったの？」

サムエルがそう言った瞬間、幹部たちが一斉に自分のジャケットに手を突っ込んだ。

だが、俺の方が一瞬早く脇のホルダーから抜いた拳銃《けんじゅう》をロッソに向ける。

部屋の空気は一気にひりつき、誰が発砲してもおかしくない雰囲気だ。

サムエルが眉ひとつ動かせば、幹部は躊躇《ちゅうちょ》なく俺を撃ってくるだろう。

たとえそのあと、戦争になろうとも、アンダーボスの命令は絶対だ。

よつ葉は、静かに頭を上げた。

こんな状況にも怯《おび》えたり、驚いたりする様子は見られない。

「私はあなたには殺されないよ、慧一が守ってくれるもの。こういうの、日本では懐刀っていうの。お守りみたいなもので、花嫁道具のひとつよ」

よつ葉が俺のことを、命を預けるほど信頼してくれている。胸が熱くなるのを抑えられない。

きっと見惚れるような顔なんだろう、サムエルはパアッと表情を明るくした。

幹部に銃を下げるように、目線で指示する。

「慧一、もう大丈夫。ありがとう」

よつ葉にそう言われて、俺も銃をしまう。

サムエルがよつ葉に問う。

「ねえ。もし、慧一が君を守りきれずに死んだらどうするの?」

「そのときは、慧一があなたを殺したあとね。それなら私は死んでもいいの、地獄でまた三人でクレープを食べましょう」

即答だった。

それを聞いたサムエルは、肩を揺らして笑い出した。まるで子供のように、その眼差しは母の面影をよつ葉に見ているようで胸騒ぎを覚える。

「……わかった。今回の件はこちらにも非があった。日を改めて七原と佐光のトップと話し合いたい。慧一も同席してくれるかい？」

「ああ。そのときに、改めて佐光から謝罪させてもらう」

俺も頭を下げると、サムエルは「そんなことはもうしなくていいよ！」と軽く肩を叩いてきた。

「スーツケースの中身は、僕たちが預かるよ。ママにも見せてやりたいから」

幹部たちがスーツケースからチンピラを引きずり出す。

よつ葉はそれをしみじみと眺めている。

「人を詰めるの大変だったんだよ。最後は全体重かけてスーツケースを閉じるのに、暴れないようにってスタンガンで気絶させて。トランクに積むのは、二人がかりだったけど大変だった！」

見て、と微かにまだ震える両手をロッソに見せている。

「ああ、本当だ。ピアニストの腕をこんな風にしてしまって、僕は悪い男だ」

サムエルは流れるように、よつ葉を軽く抱きしめ、すぐに離す。
それから怒りに震える俺を小さくニヤリと笑ったので、よつ葉に軽く叱られていた。

第五章

サムエルのもとにスーツケースを三つ届けた数日後。

改めてロッソファミリーに佐光から謝罪が入り、この件はとりあえず片がついた。

もちろんタダではなかったようだけど、サムエルと約束した通りに佐光の監督責任は問われることはなかった。

『その首をね……よつ葉に用意してほしいんだ』

サムエルは私にチンピラを殺してほしそうな条件を出したけれど、そんなことはできる訳がない。

きっと彼は私を困らせたかっただけで、本気で言ったのではなかったと思う。

だけどそれが私のプライドを傷つけ、負けず嫌いな心を刺激した。

人を殺す訳にはいかないけれど、できなかったなんて言いたくない。

だから私は知恵を振り絞って、『雁首を揃えた』と言ってチンピラを生きたままサムエルの元へ連れていった。

屁理屈《へりくつ》だと言われても仕方がないところだったけれど、サムエルは参ったとばかりに笑い、そのままチンピラを引き取り、約束を守ってくれた。

サムエルが、理解が早くてジョークを許してくれる人でよかった。

そのあと、勝手なことをした私たちはそれぞれの父親に叱られた。結果オーライとはいえ、もしもの事態を考えたら当たり前だ。

なんせ撃ち合い寸前まで行ったし、人を三人引き渡してしまった。この三人は後日、ロッソの幹部に『海外研修』で密かにイタリアへ連れていかれたと聞いた。

このまま日本に残しておくには、少々危険因子があったのかもしれない。

私は父に言い訳はしなかった。ただ、サムエルに慧一の責任を問われカッとなって……と供述のように述べると、父は心底呆れ、心配させるなとため息をついた。

父が私をサムエルと会わせたら何か起きるかもと予想していたようだけど、結果、まさかサムエル側が佐光の責任をこれ以上は追及しないと言ったことには驚いたようだ。どうして、と驚いた父はサムエルに事情を聞いてしまったため、今回の件がバレてしまった。

サムエルは上機嫌でお前の強《したた》かさを褒めていた、とじろりと睨まれた。

ロッソファミリーは七原からの謝罪も受け入れてくれ、サムエルは日本での基盤を改めて見直すためにしばらくは滞在することになったようだ。

その間にカジノスタッフの労働や生活環境、それに教育も再度改善指導して、二度とこんなことが起きないようにするという。ディーラーが消えたことは、カジノ内では大きな声では口にしないけど皆が結末を知っているだろう。

もしかしたら、人ひとりがどんな風に消えてしまったかも。

あれからサムエルが変だ。ママが大好きなことは知っているけど、私に対する態度がなんだかやっぱり変なのだ。

「ねえ、一度イタリアに帰ったら？　ママに会ってきた方がいいよ」

「どうしてさ。イタリアに帰ったら、こうやってよつ葉と一緒に甘いものを食べられないじゃない」

にこにこと、サムエルがさも当たり前のように答えた。

朝からホットケーキを美味しそうに頬張っている。

シロップにひたひたに浸してバターを乗せて、二枚目も皿からもうなくなりそうだ。

朝の古い喫茶店はモーニングの時間を迎えて、軽食を楽しむ人で席はほぼ埋まっていた。清潔でこぢんまりとした店内。ところどころにお花がアクセントとして飾られ、手書きのメニュー表がいい味を出している。

お揃いのエプロンをつけた、店員さんたちの明るい挨拶ややり取りが気持ちいい。

カウンター席で新聞を読むおじさん、テーブル席で話に花を咲かせるマダムたち。

それぞれ赤ちゃんを連れた若いお母さんたちもいる。

下町で愛される喫茶店であることが、温かい雰囲気でわかる。

コーヒーを淹れる香ばしい匂いが店内に広がり、まったりとした時間が流れている。

最近はすっかり秋も終わり、朝晩は本格的に冷えるようになっていた。

北日本の方では、降雪の予報もニュースで見るようになった。

クリスマスもお正月も、もうそこまできている。

サムエルとはたまに、こうやって朝から食べ歩きをするようになった。

甘いものを思いっきり食べたい欲が爆発する前に、私に連絡がくる。

一応子供の頃からの知り合いだし、無下にはできないのをわかっているのだろう。

慧一はその都度とても嫌がり、付き添いという名の見張りをつけるか、自分もついてくる。

今日は関西出張と重なってしまい、見張りの若い人を泣く泣く事務所から呼んでいた。その人は店内には入らず、外で待っている。サムエルは、特に気にしてはいないようだ。

私も慧一が余計な心配をしなくていいならと了承している。人妻という立場もあり、サムエルと会う時間は夜の十九時までという決まりも守っている。

今日は、浅草寺《せんそうじ》の方まで足を延ばした。ここで夕方まで食べ歩きを楽しむ予定で、まずはむっちりとしたホットケーキを食べられる喫茶店へやってきた。

ふわふわパンケーキではなく、むっちりホットケーキ。銅板で店員さんが焼いてくれるホットケーキは、うちのお母さんが何度も焼いてくれたのと同じだった。

つまり、とても美味しい。

「サムエルは私とママが似てるって言うでしょう？　サムエルのママの話を聞くのは楽しいけど、もしかしたら寂しいのかなって心配しちゃうよ」

角が立たないように、『ママに会って抱きしめてもらって充電した方がいいよ』と言うのは難しい。ママが大好きなことには何の問題もないけれど、私をママの代わりにしようとしている気がしてならない。

抱きしめてとは言われないけれど、褒めてほしいとねだられる。

「そりゃ寂しいけど、日本にはよつ葉もいるし、こっちで仕事もある……ところで、そのサンドイッチをひとついただいても？」

そう言って、私の前に置かれた皿から、卵サンドをひと切れ持っていった。

厚く焼かれた甘い黄色の卵が、からしマヨネーズを塗られたトーストに挟まれ切られている。ブラックペッパーをひと振りすると、ピリッと刺激になる。

「うん、これも美味しい。ここは何を頼んでも当たりだね」

あ、はぐらかされた。私が言わんとすることに自覚があるのか。

ここ一帯は有名な観光地なので、外国人は全く珍しくない。ただ、俳優のように整った外見に日本語がペラペラのサムエルは、結構目立つ。

さっきも、マダムのひとりに『俳優さん？』なんて聞かれて『人材派遣会社をやってます』なんて笑って答えていた。

カジノと娼館、確かに人材は多いなと納得しながら、その横顔に二十年以上前の幼かった金髪の王子様を思い出していた。

本物の青い目を見たのは、そのときが初めてだった。

人魚姫、シンデレラ、眠り姫。どの絵本の王子様も金色の髪、晴れた空色の瞳をしていた。慧一の目は曇った空色、私は夜空。だから晴れた空の色はとても綺麗で不思議に思った。

当時五歳だった私より、四つ年上のサムエルは九歳。まだご存命だったサムエルのお父様の少し後ろで、私につたない日本語で挨拶してくれたのを思い出す。

少し早口だったけれど、ヨツバ、と私の名前を呼んでくれた。

驚いて、隣で手を繋いでぐれていた母の顔をすぐ見上げたのを覚えている。

そのときのサムエルから見たら私は、ずいぶんと幼く見えただろう。

日本でいえば、幼稚園児と小学三年生。ちょっとだけ年の離れた兄妹だ。


『ヨツバ』


ふわふわの金髪を揺らし、小首を傾げてもう一度名前を呼ぶ。

王子様だ。絵本の中から王子様が、うちに来ちゃったんだ。

マフィアのボスの息子だとはつゆ知らず、私は目の前に現れたサムエルに生まれて初めて、淡い恋心を抱いた。

ただ、その初恋は長くは続かなかった。

サムエルはちょっとだけ意地悪で、私をからかい過ぎて泣かせたのだ。

王子様に意地悪された。それはもう、普段慧一からすでに優しくされまくっていた私にはショックな出来事だった。

今思えば精神的に成長するのに、ある意味いい機会だったのかもしれないのだけど。

言葉があまり通じない相手とのコミュニケーションの中で、真意がわからないまま

『意地悪された』と感じて泣いてしまったのだ。

何をされたかは覚えていないのに、傷ついた気持ちと、困った顔をして何か話しかけてくるサムエルの様子だけは覚えている。

仲直りもろくにできないまま、数日後にサムエルたちはイタリアに帰国した。

次に会ったのは、私が小学二年生のとき。

その頃には語学のレッスンに通っていたので、イタリア語の簡単な挨拶くらいならできた。

サムエルはぐんと背が伸びていて、私が通っていた小学校の六年生の誰より、ずっと大人びた顔をしていた。

私を見つけて軽く手を振り、にこっと笑う。年上の、優しいお兄さんという印象。

そうして、流暢な日本語で『よつ葉、久しぶりだね』とすらりと名前を呼んだ。

今では年の差を感じることはなくなったけれど、その分、青い目は時々今までとは違う雰囲気で私を見ている。

それをどう扱えばいいか、考えあぐねていた。

「……さ、そろそろ混んできたし、食べ終わったら出ようか。次はどこに行こう。私は今日は揚げまんじゅうを絶対に食べるよ」

サムエルは、目を輝かす。

「僕はこの、生クリームが乗ったプリンを食べてみたいんだ。それからこれ、キンツバ？っていうのも気になっていて……」

あらかじめチェックしていたようで、スマホのスクショを何枚も見せてくれた。


夕方。私たちは、川辺りのベンチでひと休みしていた。

お互いに買い過ぎたお土産の甘味の袋を端に置いて、夕陽の光の欠片を浴びてキラキラ光る川面を眺めていた。

少し風が吹くと寒いけれど、どこかカフェでお茶という状況ではなかった。

今、コーヒーをひと口でも飲んだら、お腹がはち切れる。

サムエルも同じようで、休憩したくてもドリンクをオーダーできないので、目についた綺麗に整備されたベンチで休憩することになった。

目の前を、ランニングする人が軽快な走りで通っていく。水上バスがたまに川を上ってきては、船着場で観光客を降ろしたり乗せたりしている。

それをぼんやりと眺めながら、反省会が始まった。

「……今日は、いろいろ食べ過ぎたね」

「あれもこれも欲張り過ぎたけど、僕は後悔なんてしていない。だけど、来週にはベルトの穴をひとつずらすことになるかも……日本の食べ物は美味し過ぎるよ」

大柄なサムエルが、茶色のコートの上から自分のお腹をさする。

まるで熊みたいだなと微笑ましくなりながらも、絶対に今は自分のお腹を触るのはやめようと思った。だって、信じられないくらいに苦しい。

「締めのラーメンがトドメだったよね。だけどずっと甘いものばっかり食べてたから……」

「ホットケーキ、プリン、クレープに大学芋。カラフルな餡《あん》の串団子も美味しかった。お腹いっぱいだ。でもあのラーメン屋の前を通った瞬間に、口が塩気を猛烈に求めたんだ」

そろそろ帰ろうかと、駅を目指しアーケードの下を歩いている途中でそれを発見してしまった。

澄んだスープに、バラ肉の厚いチャーシューと白ネギが乗ったラーメンの写真が、店頭にどーんと看板と一緒に鎮座していた。

歩く速度が、その写真を見るために落ちていく。完全に、目を奪われていた。

透き通ったスープは、塩味だろうか。ほろりと崩れそうな、脂身まで柔らかく煮込まれたチャーシューが目を引く。

甘い脂を、多めに乗った白ネギが引き立てるんだろうな。

熱々のスープをすったら、体が温まるだろう。

先に足を止めたのはサムエルだ。

『……少しだけ、お腹に余裕あるかい？』

窺う顔には『このラーメン食べたい』と書いてある。

お腹は正直、いっぱいだ。再考するためにもう一度、ラーメンの写真を見る。

え、味変に特製の唐辛子を入れるんだ。

澄んだスープに真っ赤な唐辛子を溶かすのをイメージしただけで、完全にラーメンに気持ちを持っていかれてしまった。

「最後は、三人で食べられてよかった」

私たちから離れて歩く佐光組の若い子も手を振って呼んで、最後は三人で食事ができた。若い子は驚いて遠慮していたけど『あとは帰るだけだから、一緒に食べよう』と誘ったら頷いてくれた。

お腹はいっぱい。目の前には穏やかに流れる大きな川。水の揺らめきを眺めながら、とりとめのない話をする。

「今更だけど、まさか慧一とよつ葉が結婚するとは思わなかったよ」

「あら、どうして？」

「だって、よつ葉は慧一を男として見てなかったろ」

確かに、和山の会長から結婚の話が出るまでは、本当に幼なじみとしか思えなかった。

「それは当たり。だけど、慧一が今までずっと私を想ってくれていた分、私も気持ちを返したくなったの」

「それは、夫婦になった義務感から？」

冷静な声に、ふとサムエルを見る。

サムエルは川面ではなく、じっと私を見ていた。

「違うよ。うまく言えないけど、私のことを好きだっていう慧一を、すごく可愛いって思ったの。私の男は、こんなにも可愛らしいんだって」

見た目だけなら、慧一は全然可愛くない。格好いい方に全振りしているし、私以外の人の前だと怖い顔をしている方が多い。

「一途《いちず》なの、慧一って。それに時々、私に愛されてるか不安に感じてそう。だけど表立って私を疑ったり怒ったりしない。優しいんだよ」

それに、我慢強い。私が慧一と立場が逆だったら、今日みたいに自分以外の異性と出かけさせたりしない。

けれど、家族と同じように組も義理も面子も大事なヤクザの世界では、個人の主張なんて極端には振りかざせない。

何十人、何百人の、それこそ末端の構成員まで『家族』として飢えさせないようにするには、我慢することだって多いだろう。

サムエルが私を誘えば、面子を立てて慧一は引き留めるのを我慢するしかない。

最初だけは反対して、お義父さんに殴られてしまったけれど。

私は私で、体調不良でもない限り、サムエルの誘いを断れない。

救いなのはサムエルがその辺りを理解していて、必要以上に接触してこないことだ。

普段は電話やメッセージのやり取りもしない。今日みたいに誘っても見張りを受け入れ、慧一のいない場では私に触れてきたりもしない。

サムエルも、こちらの面子を立ててくれている。

だからこそ、こちらも受け入れざるを得ない、という状況でもある。

「そうだね。慧一は自制心が強い。その分反動がよつ葉への愛情に極端に傾いている。たくさんの人間に愛される素質と立場を十分に持ちながら、愛されたいのはよつ葉ただひとりなのだからバランスが悪い」

「だから、私がこれからいっぱい愛してあげるの」

サムエルにスーツケースを届けた夜。

慧一が気をそらしているうちに、サムエルは私を抱き寄せて耳打ちをした。

『慧一と結婚させられた意味を、もっとよく考えた方がいい』

あれから自分なりに考えて、答え合わせをしている。

はっきりわかったのは、結局私もヤクザの娘で駒のひとつだったってことだ。

私を花嫁に欲しいと父に申し出た人がいた。その結婚話を阻止するために、和山会長が私の結婚相手を探すと聞き、慧一がすぐに願い出た。

そういう理由での慧一との結婚だったと教えてもらえなかったのは、私が女だからだろうか。

騙《だま》されたとは思わないけど、理由は知りたかった。

ちゃんと話を聞いて、自分なりに噛み砕いて納得したかった。

でももう、終わったことだ。

慧一の私を想う気持ちだけが本物で、それだけが救いだ。

だから、私も慧一をもっと愛したい。

「……だけど慧一って、大事なことを私には絶対に言わないんだよ」

ひと際強い風が吹いて、私の髪を巻き上げた。

私がどんな顔をして言ったかなんて、きっとサムエルには見えなかっただろう。

見えない方が、きっといい。

今から銀座に向かうというサムエルとは、駅で別れることになった。

迎えを呼ぶより、ここから電車で向かった方が早いという。

「電車、この時間は特に混雑してるけど平気？」

「大丈夫。お土産が潰れないように気をつけなくちゃ、今夜の僕の夜食だから守らないとね」

お腹が落ち着いたのか、かなり余裕のある発言だ。

すっかり陽も落ち、人でごった返す駅の中。改札口へ向かう人、出てきた人で溢れている。邪魔にならないよう、柱に寄って別れの挨拶を始める。

「それじゃ、寒くなってきたから体に気をつけてね」

始まったばかりの夜の冷たい空気に晒されて、サムエルの高い鼻の頭が赤くなっていた。

私がわざとらしく自分の鼻の頭を触ると、意図を察したのかサムエルは指先で自分の赤い鼻を笑いながらこすった。

子供の頃、私が唯一サムエルをちょっとだけからかえたことだ。

「よつ葉も。何か慧一に言えない困ったことがあったら、遠慮しないで僕に連絡してね。いつでも相談に乗るし大歓迎だ」

柔らかい言葉だ。空色の瞳は、今は私自身を見てくれている。

「うん、ありがとう。心配かけてごめんね」

私を花嫁に欲しいと話を持ちかけてきたらしい初恋の王子様は、川辺でのことを気にしてくれている。

ロッソファミリーも昔なじみの七原の娘を花嫁にもらえば、日本で本格的に活動する足がかりになると思ったんだろうか。たとえ結婚したとしてもそれはとても難しいことだというのに、何か勝機があるのだろうか。

皆勝手だ。なのに自分のことは二の次で、雁字搦めで歪《いびつ》で、面倒くさい。

私もその中のひとりなのだから、それらしく振る舞わなきゃなのに。

結婚の事情も知らないふりをしていればいいのに、ついこぼしてしまった。

「じゃ、またね。風邪ひいちゃダメだよ」

送り出すように手を小さく振ると、サムエルは静かに「またね」と言って地下鉄への階段を下りていく。

一度だけ振り返って、まだ見送っていた私の姿に目を細めた。地下では電車が滑り込んできたのか、ふわっと生暖かい風が階段を吹き上がってきた。

サムエルの大きな背中が見えなくなって、私は若い子が車を回してくれている方へやっと歩き出した。

サムエルに会ったあとの数日間は、慧一の執着が強くなる。

二人で何を話した、どうしていたかは聞かないけれど、翌日は事務所にも行かず一日中ベッドで私を抱き潰す。

私は慧一の体力についていけなくて、眠気にも負けてふっと意識を手放す。

何時間か、またはほんの数分が経ったのか。再び目を覚ますと、慧一は黙って私を抱きしめている。

慧一が抱える不安は、慧一でしか拭えない。

私の言葉も行動もそれらを完全になくすことはできない。

多分これは慧一が私を好きでいてくれる間、ずっとそうなのだろう。

＊＊＊

昨日はサムエルと別れてまっすぐに家に帰ってきたら、真夜中に慧一が大阪から戻ってきた。翌日の午前中に帰ると聞いていたのでびっくりしたけれど、心のどこかでは予想していたのかもしれない。

ホテルをキャンセルして、新幹線に乗り込む彼の姿が思い浮かぶ。

白い息を吐きながら、マンションの駐車場から早足でここまで来たんだろう。

「ただいま」

薄暗いベッドルーム。そっと声をかけられて、意識が白い夢の底から浮上していく。

頬に触れられてやっと目を開けると、慧一がコートを着たままベッドのそばに立って私を見下ろしていた。疲れた顔だ。それに、不安の色が見え隠れしている。

「……おかえりなさい」

ベッドから上半身だけを起こして両手を広げると、慧一はコートをさっと脱いで飛び込んできた。ぎしっと微かにダブルベッドが軋《きし》み、体重が預けられる。

慧一の髪や体から冬の匂いがする。

夜空に浮かぶ冷たい星をしゃりしゃりと砕いたら、きっとこんな匂いがするだろう。

冬の空気をまとったままの体を早く温めてあげたい。

ジャケットの上から広い背中をさすると、すり、と頬ずりされた。

「大きい猫ちゃんみたい」

そう言うと慧一は「にゃあ」と猫の鳴き真似をしてから、ちゅっと軽くキスをしてきた。

「……挨拶のキス？　猫ちゃんは鼻先をくっつけてキスするんだよ」

「そうか、こう？」

つん、と鼻先同士がつく。目が合って、お互いに笑い出す。

さっきより、少しだけ硬い表情が緩んだように見えた。

でもふっと、空気が変わる。

もこもこのパジャマのボタンに手がかかり、ひとつ、ひとつと丁寧に外されていく。

唇を軽く合わされたかと思ったら、首筋を歯の痕が残らない程度に軽く噛まれた。

いつもなら私が暑くないかとか、寒くないか、嫌じゃないか、必ず確認してくれる。

でもこういう日の慧一は、私の体から今日の痕跡を拭い去るようにキスを全身に落として時々噛みつく。

ただ、手首の手術痕には噛みつかない。

マーキングのやり直しみたいだなって、溺れ始めた熱の中で考える。

「大阪から帰ってきたばっかりで、疲れてない……？」

「全然、疲れてない……よつ葉のことばっかり考えて、頭がおかしくなりそうだった」

どうして、なんてとても聞けない。

「私も、慧一を思い出してたよ」

慧一は目を見開いて、それから私の首筋に顔をうずめると大きくため息をついた。

よーしよし、と後ろ頭を撫でる。

いっぱい甘えて、気が済むまで私のことを確認してほしい。

よしよしよし！と撫でる手に力が入る。

サムエルのことを邪魔にする訳ではないけど、それにしても日本での滞在期間が長い。はっきり言えば慧一の不安定さはサムエルからもきているので、一度サムエルにはママに会いにイタリアへ戻ってほしいところだ。

界隈も落ち着かずざわざわしているのを感じるし、いっそ何かのルートを使って直接イタリアのママに連絡が取れれば……。

「よつ葉」

「……んんっ？」

そんなことを考えていたら、再び唇を合わせられて。

素早く優しく、あっという間にひん剝かれたパジャマはベッドの下に落ちていった。

＊＊＊

二人きりで迎えた初めてのクリスマスと、各所へのご挨拶回りが大変だったお正月が終わった。

クリスマスは慧一が鶏を丸々一羽、オーブンで焼くからと買って準備してくれていた。オーブンも新調して、使い勝手を知るために焼いてくれたバナナケーキは最高に美味しかった。

ローストチキン。鶏と一緒に、聞いたことしかない香草や、野菜なんかを天板に一緒に並べて焼くらしい。

テレビや料理本では見るけれど、自分で作るのは大変だと眺めるだけだった料理だ。

クリスマスは外に出かけるより、家でゆっくりご飯を食べながら過ごしたい。

慧一の希望と私もそうしたいという意見が合って、初めてのクリスマスの予定は決まった。ローストチキンを食べながら過ごす。楽しみ過ぎて、せっかくだからと普段は飲まないようないいワインを慧一に内緒で用意した。

そういえば結婚前は、慧一がうちに来たり、ご飯を食べに行ったりしていたっけ。あれ、と記憶を巡ってみる。友達と過ごした年も、家族と過ごした年も、慧一がその中にいる思い出しかなくて……なんとも思わなかった自分にちょっと引いた。

鈍感過ぎる。慧一を空気か何かと思っていたんだろうか。

そうしてクリスマス当日。

改めて、二人きり。休みまで取って、朝から準備に取りかかろうとしてくれていたのに。私がこんなときに風邪をひいて熱を出したものだから、ローストチキンの予定が急遽参鶏湯《サムゲタン》に変わった。

鶏だってクリスマスの朝まで、自分が参鶏湯になるとは思わなかったに違いない。

暗い冷蔵庫の中で、クリスマス料理の花形・ローストチキンになる夢を静かに見ていたのかも。割かれた腹にもち米や栗、人参を詰められて圧力鍋に入れられたときの鶏の気持ちは、想像できない。

でもさすがの鶏。熱々ほろほろに煮込まれた参鶏湯は、美味しくて、たくさん食べて汗をかいたらすぐに体調は全快した。

ありがとう慧一、ありがとうローストチキンになれなかった鶏。私は生まれてからずっと、鶏肉料理が一番好きだ。

飲めなかったワインは、バレンタインに出そうと隠したままである。

私は慧一にブランド物のお財布をプレゼントし、慧一からは素敵なカシミアのコートをプレゼントしてもらった。

薄紫色の、上品なのにどこか可愛らしさもあるデザイン。肌触りも最高で、寒がりな私が暖かくお出かけができるようなものを探してくれたという。

『夫婦になって最初のクリスマスプレゼントだから、世界で一番に素敵な俺の奥さんに似合うコートをプレゼントしたかったんだ。体調がよくなったらデートに誘うから、いいよって答えてほしい』

そのときには、このコートを着たよつ葉が喜ぶ場所に連れていくから——そう言ってはにかむ慧一の、なんと可愛らしかったことか。

私は鼻水をずるずるさせて、一緒に流れる熱い涙ともども止められなかった。

＊　＊　＊

大晦日《おおみそか》にはすっかり体調が戻ったので、日付が元日に変わった頃に二人で初詣に出かけた。

真夜中。吐く息は冷たい空気の中で真っ白になる。神社は人が多くて賑やかで、大きな鍋で温められた振る舞いの甘酒に引き寄せられた。

暖を取るために置かれた一斗缶の中で燃える焚き木《たぎ》のそばで、その明かりに照らされた慧一の長いまつ毛が頬に影を落とすのを夢見心地で見ていた。

クリスマスの予定を微妙に変えてしまったことを、実はずっと後悔している。

何かお詫《わ》びといってはなんだけど、サプライズで挽回《ばんかい》したい。

そんなことを考えていると、ピアノの調律は終わったようだ。

一月の半ば、今日は年に一度の『ヴァント』のピアノを調律してもらう日。

調律師さんの話を聞いたあと、軽く数曲弾いて今年のメンテナンスは終わった。

マスターからお店の鍵を預かっていて、立ち会いも私だけだ。

調律師さんを見送ると、誰もいない昼間のバーはしんとしていた。地下のこの店は、地上からの光が届く出入口以外は電気を消すと真っ暗になってしまう。

ボックス席の陰、バックルームの向こう側。昨日の気配の名残を感じる。

だからなのか、結婚式の翌日にひょんなきっかけで行くことになった、あのアパートをふと思い出してしまった。

「……なんで今、いきなり頭に浮かんじゃったのかな」

ひとり呟いた言葉も誰かが聞いていそうな雰囲気に、店内を見回して異常がないのを確認し、暖房を消して慌てて鍵を閉め地上へ向かった。

「よつ葉さん、お疲れ様です」

「お待たせしました」

眩しい地上へ出ると、ビルの出入口で慧一の補佐・志垣さんが待っていてくれた。

ひとりで行けるというのに、なぜか慧一が志垣さんを送迎につけてくれた。

慧一自身は用事があるらしく、信用ある志垣さんに頼んでくれたらしい。

「すみません。志垣さんも忙しいのに」

「いえ。若頭の頼みですし、自分もこっちに用があったのでよかったです」

気を使ってもらい、申し訳なく思う。

すぐ近くのコインパーキングまで歩いていく。まだ昼間なのに、吐く息が真っ白になるまで冷え込んでいた。

「あっ、志垣さん。このあと少しだけお時間ありますか？」

「はい、大丈夫です」

「あの、買い物に寄ってもらいたい場所があって。一度家に帰ってから出ようと思ってたのですが、天気のせいか手が……」

術後何年か経っているのに、天気が悪いとひきつるように術後の痕が痛むときがある。気にしなければ生活するのに支障はないけれど、慧一の背中を見た日からもう少し大事にしようと決めていた。

「若頭からも、よつ葉さんに頼まれたら連れていくように言われています。荷物は自分が持つので、行きましょう」

志垣さんは嫌な顔ひとつせず、快く引き受けてくれた。

車に乗り込み、街の中を静かに走り出す。普段乗り慣れた慧一の車とは違う、志垣さんの車の後部座席から外を眺める。車の中は整理されていて、清潔な香りがする。部屋と同じで、車内にも性格が出るのだろうか。

佐光のお義父さんが年始に神社で皆の分を買うという、慧一の車にも貼ってある交通安全のステッカーがバックウィンドウで光っていた。

スーパーに寄ってもらったら買うものを、頭の中でまとめ始める。

すると次第に車はスピードを落とし、周辺の車と一緒に停まってしまった。

「……この先で事故でもあったみたいです。迂回《うかい》しますので、少々お時間をいただきます」

「私は大丈夫です。すみません、お手数かけます」

じりじりと少しずつ前進して、脇道へ逃げる車のあとを追う。すると、普段あまり来ない通りの方へ出た。

事故のあった通りから流れてきた車で、こちらの通りも渋滞しているようだ。

こういうとき、お喋り以外なら外を眺めるくらいしかできない。夕飯のおかず、何にしようかななんて、そんなことを考えながら視線を外に向けたときだった。

あれ……見間違いかな？

ものすごく見知った人が、歩いているのが見えた。

車はのろのろとしか前進せず、通りを歩く人の顔がよく見える。

「……慧一だ」

呟いた私の言葉に、志垣さんが無言で視線を外へ向けた。

慧一がいつもの怖い顔で歩いている。肩から大荷物を提げて。

その隣では……ふわっとした優しい雰囲気の女性が、何か話をしているようだ。

その腕の中には、小さな子供が眠っている。

もしこの車が普段のスピードで走っていたら、慧一に気づいても隣の女性を細かく凝視できなかっただろう。ましてや、すやすや眠る子供まで。

慧一はこちらに気づくことがなかった。植えられた街路樹や停められた何台もの自転車、ガードレールなどが視界を絶妙に邪魔していたのだろう。

たまたま、不幸な奇跡の巡り合わせ……なんだろうか。

気持ちが悪くなりそうなほど、心臓が悲鳴を上げてばくばく跳ねている。

今私が見た光景は、一体なんなんだろう。

だって、慧一が私以外の女性といるなんて信じられない。

ずっと私のことだけを好きだと思っていたのに。

途端に、その自分の驕《おご》りにも似た感情に吐き気がした。

何、私だけって。慧一からの気持ちに結婚が決まるまで応えようともしなかったくせに。

「……し、志垣さん、さっきの慧一ですよね？　知らない女性と一緒だった。何か知ってますか？　私、聞いてなくて……人助けでしょうか」

荷物と眠る子供。お母さんひとりじゃ大変だ、だから慧一が……でもそういうお母さんは他にも歩いている。

志垣さんは振り返らずに、黙っている。

動揺している様子も見られない。ただ黙って、私の様子を背中で感じ取っている。

「志垣さん、さっきの慧一でしたよね……？」

もう一度聞いてみても、黙ったままだ。

……そうか。そういうことなのか。

車が信号に引っかかり停まる。今なら、走ればまだあの二人に追いつけるかもしれない。

志垣さんから聞けないのなら、直接慧一に聞いてみればいい。この女性は誰って、大きな声は出さずに、寝ていた子供を起こさないように落ち着いた声で。

後部座席から外へ出ようとシートベルトを外すと、そこで志垣さんから『待った』の声がかかった。

「あのお二人のことは、どうかこのまま胸に秘めていてもらえませんか。若頭があの人に会うことは、もう金輪際ありませんから」

なんだそれ。勝手なことを言うなと、喉まで出かかる。

金輪際って、じゃあ今日は別れ話でもしていたの？

それに、あの子供のことはどう受け止めたらいいの。

信号が変わったのか、周りの車が動き出した。

だけど志垣さんは、アクセルを踏むことはない。

私が動く車から飛び出したら危ないと、待ってくれているのだ。

後続車は志垣さんの車をゆっくり避けて進んでいく。いかにもな黒塗りの厳つい車に、クラクションを鳴らす車もいない。

しかしいつまでも、こうしている訳にはいかない。

私たちが原因になって事故が起きたり、通報でもされたら大変なことになる。

ぐっと涙を呑み込む。悔しくて震える手を、固く握りしめてドアから離す。

志垣さんはそれを見届けたあと、静かにアクセルを踏み込んだ。


買い物はせず、そのままマンションへ送ってもらった。

志垣さんは私に、いつまでも深く深く頭を下げていた。

部屋へ駆け込むと、トイレで泣きながら吐いた。

呻《うめ》いて喚いて、頭痛がしてきてまた吐く。

それから顔をさっぱり洗い、目を冷やして、帰ってきた慧一をいつも通りに出迎えた。

今日見たことは、聞かなかった。

義理立てる訳ではないけれど、問い詰めれば私と一緒にいた志垣さんが慧一に叱られるかもしれない。

父にだって昔は愛人がいた。

そのことを思い出したら、不思議とどんどん冷静になっていって……涙が出ることはなかった。


そのあと、胃の不調が続き薬をもらいに行った病院で、自分のお腹に新しい小さな命が宿っていることがわかった。

第六章

慧一の赤ちゃんを妊娠した。

心当たりは、それはもういっぱいあったので今更焦ったりはしない。

ただものすごく驚いたのと、このタイミングか！という気持ちが入り交じる。


胃の調子がずっと悪く、頭も重い感じがして一度診てもらおうと向かった病院で、問診票の問いのひとつにペンが止まった。

『妊娠している可能性はありますか』

あ、と思わず小さな声が漏れる。

静かで落ち着いた個人病院の待合室で、やけに私のひとり言が大きく響いてしまった気がして恥ずかしい。

だけどそれは本当に気のせいだったようで、数人いた来院者たちの視線はテレビの情報番組に注がれていた。

午前中の情報番組は、新しくできた商業施設の地下食品売り場の特集をしていた。

蟹《かに》やいくらがたっぷり乗った海の宝石箱みたいな海鮮弁当に、来院者たちの目は釘づけだ。

改めて、手元の問診票に目を落とす。

そういえば生理、遅れている。

避妊は、ムードと勢いに任せてしたりしなかったりだった。

判断材料はそのふたつしかないけれど、可能性はあるかと問われたら答えはイエスだ。

『はい』に丸をつけて受付に渡す。

名前を呼ばれたと思ったら検査の希望を聞かれ、どうせならとお願いをしたら妊娠が判明した。

胃がずっとムカムカするのも、頭が重くだるいのも、すべて妊娠初期の症状だった。

薬はもらえず、近いうちに産婦人科への受診を勧められた。

お会計のとき、震える自分の手に気づいた。

こういうとき。妊娠がわかったときって、パートナーにすぐに伝えるんだろうな。

赤ちゃんができた。

嬉しい。びっくりして手が震えている。武者震いだろうか。顔が自然にニヤニヤしてしまう。

ぶるぶるの手で財布にお釣りの小銭を入れようとして、うっかり一枚落としてしまった。

それを拾おうと屈んだときに、慧一の隣にいた女性の顔をふいに思い出してしまった。

つるつるの床に貼りついたように、小銭が指先でつまめない。

屈んで小銭と格闘している私に、視線が集まっているのがわかる。

はあ、と息を吐く。脱力してこの場で座り込んでしまいそうだ。

いつまでも私が立ち上がらないので、通りかかった看護師さんを心配させてしまった。

ぼんやりしたまま帰宅して、昼ご飯も食べずにベッドに潜り込む。

慧一に、どう伝えよう。

最初はこう思っていた。赤ちゃんができたよって、にこにこして抱きついたら喜ぶだろうなんて。

慧一、嬉しくてその場で腰を抜かしちゃうかも。

だけど、心の隅の黒いもやもやが『まだ言わなくていいんじゃない？』なんて考え出す。

あの女性は誰？　抱っこされていた子供は誰の……なんて考え始めたらドツボにはまってしまった。

慧一は私が初めてだった……はず。だからあの子は慧一の子供とは違うと信じたい。

こういうとき、話し合いが大事だ。

どうして悩むんだ、なんでその気持ちを隠すんだとドラマや漫画に何度突っ込んだか。

学生時代の数少ない女友達が恋愛に悩んでいたときだって、まずは気持ちを伝えようと励ましていた。

グワッと湧いてきた感情に、掛け布団を両手で力いっぱい握りしめて耐える。

いや、無理です。

話し合いとか、まず何を話せばいいの？

今までずっと自分だけが慧一から愛されているのだと信じきっていたのに、実はそうじゃなかったと言われて、ごめんなんて謝られてしまったら。

勝手な自惚れを痛いほど自覚し、情緒がぐちゃぐちゃになってしまう。

『この間、慧一と女の人、それに子供を見かけたんだけど愛人なの？』

シンプルイズベスト。これが一番聞きたいこと。

志垣さんの言い方と様子。あの女性は慧一の愛人といってもいいだろう。

金輪際会わないなんて、別れたからって『はいそうですか』とはならない。

愛人って、泣きそうだ。私のこと、大好きだって毎日言っているのに。

結婚してみたら理想の私と違っていて、がっかりしちゃったんだろうか。

志垣さんには二人のことは心に秘めておいてほしいと言われて、あの場で嫌だと言えなかった自分も悪かったのかな。

……悪くないよ、なんで私も悪いなんて思い始めちゃったんだ。

「私、悪いことしてないよ。うん、私は悪くない。愛人作ってるような慧一に、赤ちゃんのことを伝えるのはまだもったいない」

とてもいい知らせなのに、今はまだ言いたくない。

愛人がいたんでしょ、そう責めたらきっと慧一の周りからは狭量だと呆れられるだろう。

一度や二度くらい許してやれ、そう父なら笑う。……ムカつくな。

「もう寝ちゃおう、眠い……起きたらすべてが夢でありますように」

妄想の中で、がははと笑う父の尻を思いきり叩いて、目を閉じる。

ごめん、と謝る慧一を想像したらじわりと涙が出た。


あれから数日、慧一とは絶妙にギクシャクしている。

慧一は変わらず私を大事に扱ってくれるのに、私にはそれがとてもつらく感じる。

笑おうとしても表情筋がうまく動かなくて、変な泣き笑いのような顔になってしまう。

体調不良が続いていることを慧一は心配してくれるのだけど、それについイラッとしてしまう自分が嫌になってくる。

「よつ葉、違う病院にも行ってみよう？　まだつらそうだよ」

いつもの朝。今日は特に冷え込んで、部屋を暖めるのにいつもより時間がかかった。

食卓で向かい合って朝食をとる。私は食欲がなく、いつもの半分の量をもそもそと口に運んでいた。

慧一はその様子に、声をかけてくれた。

「……ううん、大丈夫。お薬ももらってるし、飲みきったらまた行ってみるよ」

テーブルに置いてある、内科で処方してもらった白い袋を持ち上げてみせる。

中身は妊娠中でも飲める、効き目の穏やかな漢方薬が入っているけれど、それは見せない。

それにまだ産婦人科の病院には行っていない。

「今夜は仕事を休んだ方がいい。顔色がよくない」

「熱がある訳でもないし、突然は休めないって。慧一こそ、少し休んだ方がいいと思う」

隈《くま》がうっすら浮いて、人相が悪くなってきている。

「俺よりよつ葉の方が……」

「自分の顔を見てみて、真っ白だよ」

ケンカしている訳ではないのに、私の言い方にトゲがあるので空気が悪くなる。

しゅんとしてしまう慧一の顔を見ると、そのトゲが私の心にもグサグサと刺さる。

嫌だな。こんなのが、いつまで続くんだろう。

「……帰りのお迎えだけお願いします。もし来られなそうだったら、連絡くれたらタクシーで帰るね」

慧一は「わかった」と小さく頷いて、食事を再開した。

サムエルと幹部数人は、年が明けても帰る気配はなし。

滞在していたホテルからセキュリティーの厳しいタワーマンションへ拠点を移したと、お正月に会った父とお義父さんが話しているのを聞いた。

カジノ移転の噂の件も含めて、和山側がロッソのボスと一度話し合いたいと伝えても、間に入ったサムエルの返事はノーの一点張り。

穏便、なんて言ったらおかしいけれど、そういった話し合いという名の探り合いの場も設けさせてもらえない。

正攻法では、ベルタ・ロッソには会えないのだ。

まだしばらくは日本にいるつもりなのか。周辺は注視している中、慧一たちも上からの対応に忙しそうだ。

サムエルが来日してから慧一はよっぽど疲れているのか、最近では疲労困憊《こんぱい》の様子が隠しきれなくなっている。

やつれて手の甲も余計に筋張り、見ていられない。

前回の件で強くこちらからは出られない以上、見守るしかできないのがもどかしい。

ヤクザとマフィアのパワーバランスが少しずつ変わっている。それを皆が感じ始めている。

もし、私が男だったら。

七原の跡取りだったら、慧一と一緒に考えて問題を乗り越えようと行動できたのに。

なんで私は女なのだろう。

男だったら、子供を抱っこしたあの女性との仲を応援できたのかな。

自虐めいた考えに、思わず顔が歪《ゆが》む。

テーブルの下で、まだ平たいお腹に手を当てる。

……本当に、このままの私じゃ何もできないんだろうか。


どうしても仕事を休みたくない理由ができた。

少しでも慧一の役に立つべく、ヴァントのマスターから『結婚祝い』をもらうためだ。

夕方。いつもより着込んでひとりマンションを出ると、深い藍色に染まった西の空に一番星がひと際光っていた。

ぴゅうっと吹いた風が足元を通り過ぎる。

マフラーを口元まで上げて歩くと、このままどこまでも行けそうな気持ちになってきた。

ヴァントまでは電車で二駅分。帰宅ラッシュを避けるために歩いて出勤する日もある。

今日はそんな気分で、バーが開く時間に間に合うように早めに家を出ていた。

街にカラフルな明かりが点き始める。お正月の微かな名残を目で探しながら歩いていると、バーの出入口で掃き掃除をしているボーイが見えた。

「おはようございます」

声をかけると、パッと地面から視線を上げた。

「あ、七原さん。おはようございます」

「今夜も寒いですね、熱いコーヒー淹れますね」

ヴァントは開店前に、スタッフ全員で始業の前の夕礼をしながらコーヒーを飲む。

「とびっきり熱いのにしてください、舌を火傷するくらいの」

ボーイはそう言って、身震いしながら掃除の続きを始めた。

私は地下へ続く階段を下りる。突き当たりでレトロなドアを開けると、カウンターではマスターがブランデー用の氷を丸く削っていた。

「マスター、おはようございます」

「おはよう」

キリッと伸びた背筋、オールバックの白髪に髭《ひげ》がバーの雰囲気にとても合っている。

飄々《ひょうひょう》とした空気をまといながらも、時折厳しい目でお客さんのひとりひとりを見ている。

だけどとぼけていて、たまに冗談を言う優しい年配のお爺《じい》様だ。

今夜はカンちゃんが来ない日で、ボーイも掃除と買い出しで近くにはいない。

『もらう』なら、今だ。

「マスター」

私はカウンター越しに、声をかける。

「結婚祝いの残りひとつを、今いただいてもいいでしょうか?」

マスターは、ちら、と出入口の方を見てから頷いた。

「ロッソのアンダーボスが、去年からずっと日本に滞在しています。拠点もホテルからマンションへ移したようで、何かするつもりなのかとざわついています」

「……そうみたいだねぇ。幹部はたまに入れ替わりであっちに帰ってるみたいだけど」

マスターは包丁を持つ手を止めず、大きな四角の氷の角をテンポよく落とし、丸くしていく。

「サムエルは去年から一度もイタリアに帰っていなそうです。ロッソは、日本でこれから何をするつもりなんでしょうか？」

しゃり、しゃりと氷を削っていた手が止まる。

マスターと目が合う。

私が今からもらうのは、結婚祝いという名の『情報』だ。

バー・ヴァントは、酒の他に秘密裏で情報の売り買いができる。

ただ、いつでも誰でも、という訳ではないらしい。

マスターの気分次第なときもあるし、天地がひっくり返るようなある意味危険な情報は口が裂けても売ってくれない。

金も脅しも通用しない。金輪際売らないと判断されたら、二度とマスターからは情報を買うことはできない。

そういったものを、ごく限られた人間だけが享受できる。

マスターいわく、本業はバーで、情報屋はただの趣味らしい。

和山会長の兄弟だとか、元公安だとか、マスターの出自について噂はあるけれど、誰も本当のことを知らない。

慧一も一度調べたことがあるとこっそり教えてくれたけれど、不気味なほど過去の経歴が出てこなかったという。

『本当に生きてる人間なのか』と、それ以上の追及はやめたと言っていた。

甥という立場であるカンちゃんだって、多分本物の身内ではなさそうだ。

そこにさらに深く首を突っ込む人間がいないのは、リスクの方が大きかったか、もうリスクなんて考えなくて済む場所へ逝ってしまったか。

ヴァントを紹介してくれた父も、どういった繋がりで知り合ったのか深いところははぐらかして教えてはくれなかった。

不気味ではあるけど、頼りにもしている。

私はマスターを信頼している。私が慧一と結婚すると報告したとき、マスターは結婚祝いとして、情報をふたつプレゼントすると言ってくれた。

私はすぐに『急遽進められたこの結婚の本当の理由を知っていたら、教えてほしい』と頼んだ。

結果、ロッソ側からの私への求婚を物理的にも諦めさせるための、慧一との結婚だとわかった。

七原組の娘の私と、サムエル。結婚をしたら、ロッソが日本で活動できる範囲がより広がる。少なくとも、七原のシマでは今よりも自由にできる可能性があった。

しかしロッソは和山の傘下に入る訳ではないから、和山会長はそこから綻びが生まれることを嫌がったのだろう、という話だった。保守的な会長なら、あり得る。

取っておいたもうひとつの結婚祝いを使うときが、今だ。

「このままだと、疑心暗鬼のまま悪い方へ進んでしまう気がします。ロッソを無理に日本から追い出したら……」

「そうだね。ロッソは和山以外にも協力者がいるようだ。あれを見えないところにやるのはリスクしかないし、金の卵を産む鶏……カジノを欲しがる輩たちは日本中にいる」

今は和山で形の上ではロッソを囲っているから、他は手も口も出せない。

でももし、囲いが内側から壊され、鶏が自分から出ていったら。

ロッソはイタリアのマフィアだ。日本では大人しくしてくれているだけで、残虐性でいえばあちらの方がずっとひどい。

「じゃあ、ロッソは日本でのさらなる進出をしようとしている、ということでしょうか」

「あくまでも噂止まりだけどね。ただ、関西勢は喜んで迎えたい……という話をちらりと聞いたことがあるよ。わざわざ東京まで、関西の幹部勢がアンダーボスに会いに来ている」

地下鉄へ向かうサムエルの後ろ姿を、ちら、と思い出す。

もしロッソがここで運営している裏カジノと同じだけの規模のものが、関西にもできたら。

関西勢は今以上に力をつけてくる。

ただ、とマスターが付け加えた。

「最終決定権を持つ、あちらのボスが出てこない。関西にはまだ、ボスのお眼鏡に適うシマや信頼できる人物がいないんだろう。和山にまだ義理でも感じているのか……判断しかねている様子に見える」

「そうですね。それに関東と関西、どちらでも儲けようというのは少々無理があるように感じます。昔よりは歩み寄っているとはいえ、まだ溝はありますから……」

「下手に動けばロッソだって日本から撤退することになるだろうし、そうなれば和山も金銭面で大打撃だ。組の縮小も考えなきゃならなくなる。この間の薬のことだって、それも狙われてたんだろう」

マスターにはなんでもお見通しか。ここまではっきりと言えるその情報源は、一体どこなのだろう。

いや、そんなことは考えたって仕方がない。私の知らない、理解できない世界はたくさんあるのだから。

「……商売のことに口を出すのはよくないけれど、慎重に決めてほしいとボスに会えれば伝えられるのに」

ぽろりと呟くと、マスターはじっと私を見ている。

「今、日本であのボスに会える可能性があるとしたら、よつ葉ちゃんくらいしかいないかもね」

「えっ、どうして」

「こんなことを言ったら慧一さんに叱られちゃうかもしれないけど、君、アンダーボスのお気に入りじゃない」

「いや、サムエルとは昔からの知り合いというか……」

私の発言に、マスターがすっと目を細める。

それは決して優しい眼差しではなくて、その奥は興味と加虐性を孕んで黒く淀んでいた。

「一度は自分の妻にしようとした女に旦那ができて、余計に執着して見える。あれは熊と一緒で、自分のものだと思った食い物に対する執着は相当なものだよ……慧一さんが殺されないのが不思議なくらいだ」

くつくつと、マスターが笑い出す。

慧一が言っていた『本当に生きてる人間なのか』という言葉を思い出して、背筋がゾッとする。

マスターの得体の知れない姿が、目の前で晒されていく。

「そ、それと私がボスに会える可能性と、どう繋がりが……」

何かヒントをここで掴みたい。怯《ひる》んでいる場合じゃないのだ。

「そこまで入れ込んでる女の頼み。助けられるのなら、あのアンダーボスは聞いてくれるだろう。ただ、頼むだけじゃダメだと思うよ。熊だって、あれは理性的だもの」

「……頼むだけじゃ……ダメ」

「そう。全部を捨てるくらいの気持ちで縋《すが》らなきゃ。理性を頭から引き剥がす、衝動的に行動へ移させる何か……アンダーボスの心を揺さぶるね」

ニイッとマスターの口の端が上がるのを見て、ひとつだけその方法が頭に浮かんだ。

ひどくずるくて、サムエルを悲しませてしまう方法を。

うまくいくかはわからないけれど、マスターが言いたいことのだいたいは理解できた。

年季の入った飴色のカウンターに視線を落として、ふうっと息を吐く。

私ができることを、見つけた気がする。

ロッソのボスに会って、少なくとも私から見た関東勢の困惑と混乱の状況を知ってもらいたい。

そうすることで、疲れきった慧一の助けに少しでもなれればいいのだけど。

「……私がもしあっちに行って……戻ってこられなくても、慧一にはここでの話は絶対にしないでくださいね」

口を出すなんて生意気だと思われたら、何か起きてしまうかもしれない。

「それはしないよ、まだ死にたくないもの。でも、よつ葉ちゃんがそこまでする理由がある？　放っておいても、七原はともかく佐光なら食い扶持に困ることはないでしょうに」

確かにそうだし、出しゃばるなと上から叱られもするだろう。

大人しくしていればいいのに、じっとしていられない。

「性格なんでしょうか、黙って見てられないんです。男に生まれていたら最前線で対応に当たれたのに、女だからそれが許されない。昔からのコンプレックス。それに慧一に対する意地というか……彼は私がいなくても大丈夫かもしれなくて」

マスターが首を傾げる。その仕草が小動物のようでおかしくて、ふふっと思わず笑ってしまう。

「あれ？　もしかして、慧一さん浮気でもしちゃってるの？　そんな素振りなかったのに」

鋭い。匂わせ程度しか言っていないのに察しがいい。

「ご想像にお任せします。それに、今のままじゃ疲労困憊でそのうち慧一が死んでしまいます。妻としてそれをできるだけ避けたい」

慧一に対しての愛情と、新たに湧いた不信感に似た気持ちで心の中はぐちゃぐちゃだ。

役に立ちたい、元気になってほしい。私なんていなくても大丈夫でしょう、同じく傷つけばいい。

黒い塊が胸の中で重りになって、言葉や考えがどんどん鋭く重くなる。

「でも、よつ葉ちゃんがいなくなったら、新たな問題になるよ。慧一さんが黙っているはずがない」

慧一自身はそうだろう。だけど、佐光組若頭としての立場的にはどうだろう。

「そうですね。でも私は、ただの慧一の妻で、女ですから」

言ったそばから恥ずかしくなるような醜い言葉で自嘲気味に答えると、マスターは

「ちゃんと帰ってこないといけないよ」と今度は優しい眼差しを私に向けてぽつりと言った。


私が休みの日、慧一は深夜になって帰ってきた。

お鍋の底に最後まで残ってくたくたに煮込まれた昆布みたいに、出迎えた私を抱きしめた体はぐんにゃりしていた。

その疲れた体を支えながら寝室へ連れていくと、慧一は「ごめん」とひと言残してベッドの上に倒れ込んだ。

締められたネクタイを外し、シャツの首元を緩め、スーツのズボンからベルトを抜き取る。

楽な格好にした慧一をなんとかベッドの中へ押し込むと、間接照明の柔らかな明かりに照らされた眉間の皺が、やっと取れた気がした。

「疲れてるねー……」

前髪を分けておでこを指先で撫でる。

あまりにも静かなものだから、私はその場から離れられずに、目を閉じて静かに息をする白い顔を見ていた。

疲れて寝ている人にひどいことを言うようだけど、私は慧一が知らない女性と歩いていたことをまだ忘れた訳じゃないんだからね。

「慧一のバカ」

ぐっすりと死んだように眠っている慧一からの返事はない。

「……もう少ししたら、ちゃんと言うから」

私のお腹の中の、慧一の赤ちゃんの存在を。

そのときには、覚悟を決めてあの女性のことも聞いてみよう。

返事次第では、思いっきりとっちめてやる。

白いおでこをもうひと撫でして、気が済むまで慧一の顔を眺めていた。

翌朝、シャワーを浴びるために早く起きた慧一に合わせて朝食を作った。

予定を聞けば、今日は事務所ではなく不動産屋の方へ顔を出すという。

疲れが溜《た》まったままの背中を見送りひとりになると、サムエルにメッセージを送った。

日中、ショッピングモールのフードコートは平日でも賑わっていた。

小さな子供を連れたお母さんたちが会話に花を咲かせていたり、ひとりでスマホを眺めながら食事をする人、新聞を広げて読みふけっている人もいたりして自由にそれぞれ楽しんでいる。

背が高く目立つ外国人を凝視して固まる小さな女の子に、サムエルが小さく手を振ると、女の子は恥ずかしそうに顔を隠した。

「なんか、小さい頃の自分を思い出しちゃった。サムエルを本物の王子様だと思ってた頃の」

「よつ葉はあんな風に固まってなかったよ。ぐいぐいくるタイプだった。どの絵本から出てきたのかと、質問責めだった」

「嘘だ～、そんな記憶ないよ。あ、あの席に行こう」

ちょうどタイミングよく空いた窓際の広めなテーブル席を確保して、食べたいもの、好きなものをそれぞれ買いに行く。

フードコートのいいところは、食べたいもので遠慮したりさせたりしないで済むところだ。

サムエルはさっきから、そわそわ周りを見渡している。

それから「僕はまずはあれから！」と、牧場が運営しているソフトクリーム店に向かった。

私はいまいち胃の調子が戻らず、コーヒーチェーン店でなんとなく目を引かれた蜂蜜たっぷりのホットミルクを選んだ。

席に戻ると、サムエルが辺りを見渡しながらこっちへ来た。

「なんだか、よつ葉にくっついてくる見張りの人間がいないみたいだけど？」

ソフトクリーム片手に椅子に座り、私に尋ねる。

「うん。今日サムエルに会うのは、慧一には秘密なの」

そう言うと、サムエルの目が『えっ』と訴えた。なんだか見たことのない、新鮮な顔だ。

「……ああ、だから買い物途中に偶然会ったという体《てい》で、ショッピングモールで待ち合わせを？　服装も目立たないものでって」

今日のサムエルの服装はキャメル色のダッフルコートにジーンズで、まるでふらりと買い物に来たこの辺りの住人のようだ。

眼鏡までかけている。それでも、隠しきれない王子様オーラがだだ漏れているけれど。

「よく考えたら、ショッピングモールでサムエルに偶然ばったりなんてシチュエーション、あり得なかったわ」

小さく笑うと、サムエルもつられて笑ってくれた。

「何、どうしたんだい？　慧一の束縛に疲れてきたのかい？」

サムエルがウィンクすると、ここがフードコートだってことを忘れてしまうほど顔面から華やかな雰囲気が広がる。

母国イタリアでも日本でも、猛烈にモテるんだろうな。

顔がよ過ぎる男はうちにひとりいるけれど、サムエルもやっぱりその類いなのだと眩しさで再確認する。

「束縛されてるかな、昔から心配性だとは思ってるけど」

きょとんとすると、サムエルははぁ～とわざとらしくため息をつく。リアクションがいちいちオーバーで面白い。

「ああ、ごめん。手遅れだったね」

「それって私が鈍感だっていう悪口でしょ」

「気づいてるならよかった」

がやがやと騒がしいフードコートは、おしゃれな店や流行りの店とは違うけれど、日常の中に溶け込んでいて心地いい。

その延長線上で、ぽろりと非日常的なことも言える。

「あのね、少し前に驚くことがあって。サムエルに相談というか、話を聞いてもらいたくてさ」

まだ口をつけていなかったカップを手に取ると、ふわりとホットミルクの中に蜂蜜の香りがする。

「なんだい？　幽霊でも見たかい？」

「幽霊……は見てはいないけど、心霊現象は体験したよ。あれも怖かったけど……慧一が私の知らない女性と歩いてたのを見たときの方が精神的にきたよ」

口に出してみると、あの目の前で見た光景が、より現実的に感じられる。

サムエルは一瞬で眉を寄せて、顔を曇らせた。

「……え、あの慧一に限ってそれはないだろう。九十九パーセント、誰に聞いたって君の周辺の人間は違うと言うよ」

「私も間違いかなって思ったの。だから一緒にそれを目撃した人に聞いたの。あれは誰、って。彼は私に、二人のことは胸に秘めておけと言ったんだよ」

今でも激しく後悔する瞬間がある。

車から飛び出して、二人に声をかけていたらと。

サムエルを見つめると、自分の発言を撤回して、私を元気づける言葉を必死に探しているようだ。打ちのめされたようなその表情に、私もまた胸が痛くなる。

「その残された一パーセントに、とてつもなく苦しめられてる。私の周りだけかもしれないけど、愛人を持つことを妻は黙認しなきゃいけない雰囲気もあるから……」

「……それはおかしい、狂ってる。妻を愛しながら、他の女とも関係を持つなんて……！」

「びっくりした。そっちでは、恋は別口のデザートみたいなものじゃないの？」

「少なくとも僕は、結婚したら奥さんだけを一途に愛するよ。あいつは……慧一は何をしているんだ……っ」

サムエルが声を抑えてくれたのは、ここが家族連れも多い場所だからか。

ただ、その行き場をなくした感情を一気に請け負ったソフトクリームは、コーンの部分がバッキバキに折れてしまっていた。

サムエルの手は、白くて甘いソフトクリームで汚れてしまった。

「ああ、ほら、手を出して」

バッグの中からウェットティッシュを出して、素直に差し出された大きな手のひらの汚れを拭っていく。

「半分しか食べられなかったんじゃない？　ごめんね、変な話しちゃったから」

サムエルは黙って、されるがままになっている。

「慧一にも何かそうしなきゃいけない理由があるんじゃないかと、一生懸命考えたわ。だけど、浮かぶどの理由も私の心を慰めてはくれなかった」

誰にも言えなかったことを、話している。

「……よつ葉」

サムエルが力なく私の名前を呼ぶ。

視線を合わせると、サムエルは今にも泣き出しそうな顔になってしまっていた。

「サムエル、泣きそうだよ」

「……僕は君と、同じ顔をしているだけだよ」

そう言われて、平静を装っていた自分の顔がとっくに崩れていたことに気づく。

ああ、もう。

「慧一にね、知らせなきゃいけないことがあるのだけど、まだ秘密にしているんだ」

「秘密？」

ウェットティッシュ越しに、サムエルの指がぴくりと動いた。

「とっても素敵なことだけど……私はまだ慧一に言いたくない……」

語尾は、込み上げてきたもので掠《かす》れてしまう。

「私ね」

サムエルの優しい空色の目が、情けない顔をした私を映す。

「妊娠してるの、慧一の赤ちゃん。だけど今、慧一から少し離れてこれからのことを考えたい」

一瞬、サムエルが真顔になった。

驚いて、それでいて、瞬間的に何かを切り替えたような。

目が笑っていない。この顔も初めて見るものだった。

マスターが言っていた『執着』という言葉が浮かぶ。

沈黙ののち、サムエルの大きな手のひらが、私の手をテーブルの上でウェットティッシュごとそうっと包み込んだ。

「……なら、僕が遠くに連れていってあげる。悲しむお姫様を助けるのは騎士ではなく、王子である僕にしかできないことだ」

「サムエル……？」

「よつ葉も、お腹のベイビーも。二人とも心配しなくていい。妊娠、おめでとう！」

にっこり笑って祝福の言葉をくれるサムエルの笑顔は、我慢していたものを全部かなぐり捨てたようにすっきりしている。

「え、あの……っ」

「体調は大丈夫？　つらかったら支えるから僕に言うんだよ。性別はどっちでも、きっと可愛いね。生まれるのが楽しみだ、早く抱き上げたい」

まるでサムエルがお腹の赤ちゃんの父親みたいな振る舞いや発言に、驚いて涙が引っ込む。

「僕はよつ葉のベイビーなら、誰が父親だって全力で愛せるよ」

キラキラもどす黒さもごちゃ混ぜにした王子様は、夢でも見ているみたいに饒舌《じょうぜつ》になっていた。

第七章

幻想的で盛大、世界規模で有名なカーニバルの準備に騒がしい冬の北イタリアは、東京よりも寒かった。

観光客も地元民も厚手のコートや防寒着をうんと着込んでいる。

私も例に漏れずに、コートの下にセーターと量販店で買った極厚の肌着を重ねて、ブーツの中敷きも暖かい仕様のものに替えてきた。

とにかく体を冷やさないことを第一に考えると、憧れのイタリアの街におしゃれも色気もない格好で降り立ってしまったことに後悔の念は湧かない。

慧一にも誰にも内緒で、サムエルに連れられるままに、ついにイタリアへ来てしまった。

もちろん無理やりや誘拐ではなく、合意の上で。

【少しの間、出かけてきます。必ず帰るので待っていてください】

こう書き置きを残して、東京からイタリアへ飛んでしまった。

ただし、行き先を書かずに出てきてしまったので、心配する慧一の姿を想像するだけで、自分勝手に飛び出したくせに涙が出そうだ。

身勝手をした自覚はあるので、意地でも涙は流せないけれど。

フードコートで、私はサムエルに『慧一から少し離れてこれからのことを考えたい』と伝えた。

浮気されているかもしれないこと、自分が妊娠していることを伝えると、サムエルはあっという間にイタリア行きの旅券を手配してくれた。

正直、迷いがなかったかといえば嘘になる。

私がサムエルと消えたら、慧一は心配を通り越して病み、おかしくなってしまうのが安易に想像できるからだ。

けれど、そうでなくても今、慧一は疲れ果てて本当に病気になってしまいそうである。

体だって、とっくにおかしくなってきているのかもしれない。あんな生気のない、真っ白な顔で眠る姿なんてもう見たくない。

これ以上慧一がおかしくなる前に、私にできることを考えていたら、マスターからヒントをもらった。

私なら、ロッソファミリーのボス、ベルタ・ロッソに会えるらしいと。

その方法は、サムエルに泣きつけというのだ。

背に腹は代えられず、他に方法が浮かばなかった。

こうは言いたくないけれど、真剣に騙すつもりで訴えると、サムエルは私をイタリアに連れてきてくれた。

約十三時間のフライト。飛行機の中で仮眠を取りながら、フードコートで正直に『ベルタさんに会いたいから取り次いでほしい』と言ったらどうなったかを考えていた。

もしかしたら、『いいよ』と言ってくれて、正攻法でベルタさんに会えていたかもしれない。

私を心配するサムエルの気持ちにつけ込んだ罪悪感に苛まれていた心が、どんどん重く沈んでいく。

ため息を小さくついて、目を閉じて、これから自分にはどんなバチが当たるのかと想像した。

その中でひとつだけ救われたことは、行き先が大本命のイタリアだったことだ。

パーッと気晴らしにバカンスに行こうなんて流れになって、南の島やオーストラリア辺りに連れていかれなくてよかった。

コアラを抱っこしている場合ではないのに、断れず抱っこしてしまう自分が想像できるからだ。

サムエルの生家は、水の都ベネチアにあった。

カラフルな建物が建ち並ぶ街の中に水路が無数に張り巡らされ、運河には水上バスが行き交う。

サムエルに聞くと、これがバスや電車の代わりに日常的に使われているという。

揺らめく水面が陽に当たり眩しく反射して、歴史ある街並みをいっそう美しく見せていた。

鐘の音が響き渡り、異国の地だと強く思わせる。

ここは憧れていた街のひとつだった。

もし音楽留学ができたら、訪れてみたかった場所。

あの頃の音楽に対する熱い気持ちと、今のこの状況を比べてしまう。

なんだか想像していた未来とはやたら違う方向へ進んで、私はここにやってきた。

学生時代の私は、プロのピアニストになれたら、世界中のホールやバー、カフェなんかでもピアノを弾いて暮らしたいと壮大《そうだい》な夢を見ていた。

この腕と勇気、行動力があればどこへでも行けるなんて考えていた。

まあ、腕はダメにしてしまったけれど、勇気と行動力は健在らしくここまで来てしまった。

かつての憧れの街をぼうっと眺めていると、「こっちだよ」とサムエルが案内を始めてくれた。

あちこちの人から挨拶されて、それに軽く手を上げてサムエルが応えている。

心なしか浮き足立って見えるのは、地元に帰ってきて嬉しいからだろうな。

笑っている顔もよそ行きではない、砕けた自然なものに感じる。

「よつ葉が僕の生まれた街を歩いてるなんて、なんだか夢を見てるみたいだ。とても楽しくて、陽がすぐに落ちないようにと祈ってしまうよ」

楽しげに浮かれたサムエルは、日本語で話しかけてくれる。

「あー、その感覚はわかる。私もサムエルが日本に来てくれたときには、あちこち案内したもんね」

「ほら、なんだっけ、アジロ……幼稚園だ。小さい頃のよつ葉は、通っていた幼稚園に僕を連れていってくれたことがあったよね」

「あったね～。日曜日だったから園庭に入れなくて、悔しくて門の前で泣いたのを覚えてる。楽しい場所に案内してあげたかったんだよね、サムエルのこと」

私の知っている限りで楽しい場所のひとつ、幼稚園の園庭でサムエルと一緒に遊びたかったのだ。

「僕は……あそこ！　あの先の小さな看板のバルによつ葉を連れていきたいとずっと思っていたんだ。ワインが美味しいのだけど、お酒はしばらくお休みだね」

サムエルはそう言いながら、自分のお腹を撫でてみせた。

「サムエル、日本にずっといたから太っちゃった？」

意味がわかりながらもニヤニヤと言ってみると、サムエルはわははと笑う。

「そういうことにしてもいいよ。どう？　体調は大丈夫？」

「うん、ありがとう。胃が気持ち悪いのは仕方がないみたい。だけど綺麗な景色を見られて気分転換になってるよ」

目に映るどの風景も、そのまま切り取って切手を貼れば世界中に届く絵葉書のように映えている。

「それはよかった。バルはお預けだから、世界で一番古いカフェに連れていくよ。でもカフェインは避けた方がいいのかな」

「……サムエル、やけに詳しいよね。身内に妊婦さんがいるの？」

「いや、調べたんだ。よつ葉の大事な体と赤ちゃんだからね、僕もしっかりしないと」

「んん？」

にっこりと笑うサムエルに、これ以上は聞いてはいけない、と頭の中で赤いパトランプがぐるぐる回る。

サムエルがしっかりする必要はないけど、友人として少し気にしておこうくらいのことだよね？

まさかサムエルは私を気の毒に思って、お腹の子の父親になってくれようとしているんじゃ……。

優しい気持ちを利用してしまったけれど、そこまでは想定外だ。

私のキャリーバッグを軽々と持って半歩先を歩くサムエルの背中を、悶々《もんもん》とひとり考えながら追いかける。

石畳の迷路のような入り組んだ小路を抜けていくと、古くて貫禄《かんろく》のある立派で大きなアパートメントに辿《たど》り着いた。

その最上階が、サムエルの生家。そしてベルタ・ロッソの住まいだった。

サムエルが部屋のドアを軽くノックすると、少しして中からベルタさんが出迎えてくれた。

一度だけ、数年前に会ったことがあるけれど、相変わらずのゴージャスな美魔女だ。今は豊かな金髪をひとつにくくり、セーターにジーンズ姿でリラックスした格好だった。

来日したときにはデザイナーズブランドのスーツで身を包み、真っ赤なルージュを引いていたので雰囲気のギャップがすごい。

迫力ある美人は、どんな格好でもその魅力が損なわれはしないことを目の当たりにしている。

ベルタさんは、オーバーに目を見開き「ヨツバ！」と全身で嬉しいと示してハグしてくれる。

柔らかな花のようないい匂いがして、女性同士だけど胸がきゅんとしてしまった。

『ベルタさん、お久しぶりです。またお会いできて嬉しいです』

イタリア語でそう言って頭を下げると、ほらほら、と室内へ入れてくれた。

通されたリビングは、まるで普通の一般家庭そのものだった。

アンティークの大きな飾り棚には、小さな頃からのサムエルの写真がいくつも飾られている。

色とりどりの花が活けられ、趣味なのか、パッチワークキルトがあちこちの壁に可愛らしくかけられていた。

家族と、生活の温もりを感じる。

血生臭いもの、ビジネスに関するものが一切見当たらない。

本当に、ここがプライベートな空間なのだと肌で感じる。

「いくつか別邸もあるけど、この部屋に連れてくるのはごく僅かな人間だけだよ。完全にプライベートな生活の場所だからね」

サムエルがひざ掛けを渡しながら、ソファーに座るように勧めてくれた。

ベルタさんは向こうのキッチンで、お茶の支度をしてくれるようだ。

「サムエルもイタリアにいるときには、ここで暮らしているの？」

「ああ、そうだよ。でも半分と言った方が正解かな。平日は別邸で過ごして、週末はこっちに帰ってきてるんだ。このアパートメントの方が安心してよく眠れるから」

私も実家にたまに帰ると、昼寝と言いつつしっかり寝てしまうのを思い出す。

慣れ親しんできた雰囲気や匂いで、安心できて眠くなってしまうのだ。

「素敵なおうちだね。変なことを言うようだけど、普通のおうちで少しびっくりしちゃった」

サムエルはにんまりしている。

「そうだろう？　ママと僕が暮らす、普通の家だよ。よつ葉が想像していたようなのは、別邸の方かな。よつ葉のパパだって、家と事務所は分けているだろう？　完全なプライベートは大事にしたいんだ」

そう言って、ソファーの横に置かれたバスケットに手を伸ばす。毛糸と一緒に詰められた編みかけの帽子を手に取ると、ほら、と見せてくれた。

「日本もそっちと同じくらい寒いよって国際電話をしたから、僕のためにママが編んでくれてるみたい」と、グレーの丸い毛糸玉にキスをした。

『サム！　ごめんなさい、コーヒーの粉が終わっていたのを忘れていたわ。買ってきてくれない？』

ベルタさんが、よく通る声でキッチンからサムエルを呼んでいる。

サムエルはパッと立ち上がって、ベルタさんのもとへ向かった。

リビングから見えるキッチンに立つ二人は、顔立ちがよく似ている。

『じゃあ、カフェでコーヒーをテイクアウトしてもらうよ。久しぶりに帰ってきたから、あの店にも顔を出したいし』

『なら、焼き菓子も買ってきてくれる？　ヨツバの食べられそうなものがいいわ』

『わかった。ママの飲み物はいつものコーヒーでいい？　よつ葉！　僕は今から買い物に行ってくるから、困ったことはママに聞いてもらうんだよ？』

さっき脱いだコートを再び着込んで、財布ひとつ持ったサムエルが私の背中をぽんと軽く叩いた。

ひとりにしてしまうけれど、心配することなんてないよという何気ない流れで。

私はサムエルがわざと騙されたふりをして、ここに連れてきてくれたことに、あっと気づく。

「……サムエル！」

「大丈夫だよ、ママはちゃんと聞いてくれる」

そうサムエルはウィンクをひとつ残して、部屋から出ていってしまった。

ベルタさんはマグカップを両手に持ちながら、キッチンから戻ってくる。その片方を私に渡してくれた。

『ホットレモネードよ。もし飲めなくても、指先を温めることはできるわ』

受け取ったマグカップからは、甘酸っぱい香りがする。スライスされた輪切りのレモンが、お月様のように浮かんでいた。

『ありがとうございます。いただきます』

ベルタさんはテーブルを挟んだ向かい側のソファーに座った。

レモネードをひと口飲むと、胃がふわりと温かくなる。

『……サムから聞いてるわ。ヨツバは私に何か話があるようね』

ベルタさんの薄い水色の瞳が、私をしっかりと捕らえている。

どきりとした。けれど怯むな、ここまで来たんだ。

私にもできそうなことを悩んで考えて、イタリアまで来たんだから。

『はい。ベルタさんに聞いてほしいことがあって、サムエルに頼んでここまで連れてきてもらいました』

『サムはヨツバに弱いのね。私もサムの花嫁にはヨツバがいいと思っていたのよ？　子供の頃からお互いを知っているし、サムが初めて泣かせちゃった女の子だし』

『……ごめんなさい。私、幼なじみと結婚したんです』

『知ってるわ。佐光の次のボス。サムからもいろいろ聞いてる。カジノでのことで、彼から謝罪をしっかり受けたと報告されたもの』

ふうっと、ベルタさんが息を吐く。

『ヨツバは、誰にも言わずにここまで来ちゃったんでしょう？　それはどうして？』

ここまで来た理由。それは——。

『ベルタさんには、正直にお話しします。私の夫が過労死寸前です。毎日青い顔か白い顔をして帰ってきて……』

『あらあら。私の元の夫も、白目を剥いて青い顔をしていたのを思い出しちゃった。命乞いをしていたときは真っ赤だったのに、脳天撃ち抜いたら途端に血の気が失せちゃって……』

くすくすと、ロッソファミリーのボスだった夫を粛清した妻が笑っている。

異国の地に着いてから、ずっと感じていること。

それは、死が日本よりもずっと身近なところにある感覚だ。

街に、小路に、通りかかった野良猫が気まぐれに体を足元に擦りつけてくるように、ぽっとそこに死が存在しているような気がする。

イタリアでは登録制で、銃の所持が民間でも認められている。

スポーツ、コレクション、護身用。所持の理由はいろいろあるだろうけれど、どの銃にも殺傷能力があり、この街の普通の家庭や店にも置いてあるのかもしれないのだ。

もちろんこの家にも。むしろなかったら驚く。

実家や慧一の仕事上、一般の人よりはそういうものに対する耐性が自分にはあると思っている。

だけど習慣や歴史が異なるこの地では、丸裸にされたみたいに心許なくなっていた。

ここでは、自分の身は自分で守らなくてはならない。

『……ロッソファミリーが、カジノを関西にも展開しようとしているのは本当ですか？』

単刀直入に、シンプルに聞いてみる。大事なビジネスプランを軽々しく私に話してくれるとは思わないけれど、こちら側もここまでは知っているという情報開示でもある。

『そうねぇ……誘われているのは本当よ。ただ、七原ほど信用のできる人間がいない。提示された条件はいいのだけど、皆、目をギラギラさせて自分の取り分の話ばっかりするの』

うんざり、とばかりにベルタさんは肩を竦める。

『ビジネスだもの、お金の話は必然だけど……ロマンがないのよ。今東京でやれていることが、どれだけの信用とバランスの上で成り立っているか理解しようとしない』

『あの規模のカジノです。ぜひうちにもと、関西勢が躍起になるのはわかります』

『ふふ。でも、私がボスになったときに一度東京から引き上げようかって話もあったの。そのとき唯一引き留めようとせずに、今までのお礼を伝えてきたのは七原だけだったわ』

『父が、ですか？』

ロッソファミリーが東京に進出するきっかけを作ったのは、私の父だ。

ロッソの前ボスとは知り合いで、ずいぶんいろいろあって大変だったらしいけど、和山とロッソの架け橋を作ったと聞いている。

『うちが引き上げたら和山への上納金の調達も大変になるのに、私たちファミリーを金蔓《かねづる》としてではなく、対等なビジネスパートナーとして見てくれた』

新しいボスの意思を尊重する、そういう態度で父は接したらしい。

『その話は、初めて聞きました。だから尚更……カジノで薬物が売買されてしまった件に関して、申し訳なく思っています』

深く深く、頭を下げる。

『あれはもう解決したことよ、頭を上げて』

恐る恐る上げると、ベルタさんは話を切り替えるように明るく振る舞ってくれた。

街の賑わいと比例するように、この部屋は静かな時間が流れている。

私は覚悟を決めて、伝えたかったことを口にした。

『……ビジネスのことに、口を出すつもりはありません。関西への進出は慎重に進めてほしいとだけ、今日はお伝えしたかったんです』

『あら、てっきり関西から完全に手を引けって言われるものだと思っていたわ』

『いえ。ベルタさんに、そんなことは言えません。お気づきかと思いますが、第三の勢力が和山とロッソの仲違いを誘発し、パワーバランスを崩そうとしている……と私は感じています』

ベルタさんは、私の話をちゃかそうとせずに聞いてくれている。

『私の夫は今、その対応で追われています。ロッソが東京から関西へカジノを移したら……今回起こった佐光の件のせいだと、風当たりはより強くなるでしょう。中間管理職のつらいところで……立場上仕方がありません』

深刻な問題なのに、私は頭の中で子供の頃に図書館で借りたなぞなぞの本を思い出していた。

『上は洪水、下は火事。これな~んだ？』

答えは『お鍋』なのだけど、上から下からとせっつかれ、お鍋の中で茹《ゆ》で上がる慧一の姿が浮かぶ。

『仕方がないわよね、下がそういうことをしたんだもの。責任は取ってくれたけれど、出来事がなくなった訳じゃない……薬物はダメよ。ヨツバもそう思うでしょう？　薬物で狂わせた女を食い物にする男は、犬の糞《ふん》以下だわ』

吐き捨てるように、ベルタさんはそう言った。

その顔に、父から聞いたロッソファミリーのボスが代わった顛末《てんまつ》を思い出す。

ベルタさんの夫は生前、高級娼館で働く女性の一部を誘い、少しずつ薬漬けにして失踪を装い、別の娼館へ移していた。

高級娼館での厳しいルールに不満を持っていたり、美しい女性たちの中で密かに自分に自信を持てなくなったりしていた女性につけ込んでいったらしい。

夫はベルタさんにもサムエルにも言わず、極秘にこの『秘密の娼館』を会員制で経営していたという。

高級娼館での仕事に慣れず、突然失踪してしまう娼婦もあまり珍しくはないらしい。

『そういう風に』ひとり、二人とたまに娼館から女性が消えていくことが続いた。

移された先は、おおよそ人の営みとは呼べないようなプレイを高額で要求できる秘密の娼館になっていた。

表向きに経営しているロッソの高級娼館は、娼婦も客を選ぶ立場にある。ゆっくりと酒や会話を楽しめる余裕のある人間でないと、娼婦から客として認めてもらえないので、金を積んでも遊べない。

そこで選ばれた客には、ラグジュアリーな空間と一夜限りの最高の恋人が提供される。

その高級娼館の実権を握っていたのは、ベルタさんだった。

ただ、秘密の娼館の方は違った。お金さえ積めば、高級娼館で客を選ぶ側だった娼婦に対して、命を取る以外はなんでもできる。

どこかが欠けても、完全になくなっても、それはまたマニアの需要となっていった。日々そこでの苦痛を忘れるために薬漬けのループにはまった娼婦たちは、逃げ出すこともできず、尊厳を踏みにじられながら耐えて……。

干からびた指を一本見せびらかして、消えた娼婦の名前を語る泥酔した男がいる。パブからそう連絡を受けたサムエルの部下が確認に向かい、締め上げた男の口から秘密の娼館の存在が明らかになった。

娼婦に薬は使わない、使わせないという主義を強く守るベルタさんの怒りに触れ、夫は即日その手によって粛清された。

妻であるベルタさんにそれだけする気概と力があるのは、彼女が他国の有名な武器商人とイタリア人の娼婦との間に生まれた娘だったからだ。

彼女自身にも、ファミリーを統べる能力、後ろ盾が十分にあった。

元々の夫婦仲もよくなかったことに加え、秘密の娼館で行われた残虐非道の限りを知った周囲には、粛清に非難の声を上げる者はいなかったという。

父は私に、これから先も付き合いが続くであろうと、ロッソファミリーの話を隠さずにしてくれた。

昔からの知人、そしてビジネスの相手をこんな形で失ったことにショックを受けていたようだったが、していたことを擁護する気にはなれなかったらしい。

『あいつは大バカ野郎だった』とだけ、最後に寂しそうに呟いていた。

風が出てきたのか、アパートメントの窓枠が小さくかたかたと音を立てる。

そちらに目を移すと、四角い窓から見える明るい空は日本とはやっぱり違って見えた。

『ヨツバは、どうしてほしいと思ってる？　ファミリーのことは置いておいて、正直な気持ちを聞かせて。せっかくここまで来たんだから』

そうなのだ。

サムエルを騙したつもりが、彼は騙されたふりをしてくれて、ベルタさんに会わせるために動いてくれた。

私の行為は、どれほど罪深いか。

愛息を利用されて、ベルタさんは腹を立てているかもしれない。

無事で帰れる保証はないのだから、後悔がないように隠さずに私の言葉で正直に伝えてしまおう。

万が一のときに、嘘をついたままよりずっといい。

『私は……まずロッソに他に行ってほしくないなら、もっと交渉するなり方法があるのにしない和山会に腹が立ちます。対応は下に丸投げで、佐光を責めるばかり。ロッソに代わるシノギを自ら見つける訳でもない』

こんなことを仲人役だった和山会長に聞かれたら、私は慧一と即離婚させられるだろう。

それでも、私はベルタさんには正直に気持ちを言ってしまいたい。

ベルタさんは、そう！と言わんばかりに目を見開いた。

『ボスだって、自分で動かなきゃいけないときがあるわ。けれど、今まで和山から挨拶があったのは一度だけよ。私たちファミリーによくしてくれるのは、七原と佐光だけ。シマを取られるとかなんとか陰で言って、サムが真剣にヨツバに求婚する前に和山が阻止したのも知ってる』

『……えっ、真剣って。もしかして、本気で……？』

『そう。あら、サムったら言ってなかったのね。あの子ね、本気でヨツバに求婚しようとしてたの。小さなお姫様をずっと忘れられずにいたらしいのよ、でもシャイでなかなか言えなかったみたい。可哀想な坊やよ』

ふうっと、ベルタさんはため息をついた。

聞いた話とは違っていた。

サムエルは、シマだとかビジネスだとか関係なく、本気で私と結婚したいと思ってくれていた？

『あの、今ベルタさんから聞いたことは、心に秘めておきます……』

動揺して、語尾が震える。

サムエルを騙してしまった、利用してしまった罪悪感に改めて押し潰される。

フードコートでの、サムエルの泣きそうな顔。そのときの気持ちを想像すると言葉に詰まってしまう。

『そんな顔をしないで。お腹の赤ちゃんも心配してしまうわ。佐光の坊やが、ずっとヨツバのことを好いていたのを知っているから、結婚させられた相手があの子でよかった』

和山が適当な男とあなたを結婚させたなら、サムエルが黙っていなかった、とベルタさんは笑う。

『……でも、ごめんなさい。サムエルの本当の気持ちを知らないまま、ここに連れてきてもらうのに利用してしまいました……！』

私に泣く資格はないのに、じわりと涙が浮かぶ。

黙っていられなくて、やってしまったことを自分からベルタさんに打ち明けた。

『いいのよ、女はそのくらいの度胸と機転がなきゃ。それにサムは全部わかっていたし、それでもヨツバのために何かしてあげたかったのよ』

私の坊やはいい子でしょう？と言って、ベルタさんは続ける。

『それに、ヨツバが結婚したからって諦めるような子じゃないのよ。ヨツバ、あなたこのままイタリアで、娼館の女の子たちに日本語やピアノを教える先生にならない？あなたもお腹の子も、私たちがちゃんと面倒を見るわ』

ふっと突然提示された生き方を示す言葉に、頭の中が真っ白になった。

子供の頃から夢見るほどに憧れた、海外での音楽活動。もうそれを叶《かな》えることは難しいけれど、形を変えて目の前に今、ころりと機会が転がってきた。

泣いて喚いて病気を恨んで、痛んで痺《しび》れる手を伸ばしても届かないところにあったのに、だ。

皮肉だ、神様は意地悪だ。

なんで今、この状況でなんだろう。

ベルタさんは、私の返事を待っている。

……だけど、答えは決まっていた。

『素敵なお誘い、ありがとうございます。こんな夢みたいな場所で働けたら……でも、夫が待っているので日本へ帰ります』

私のために、私が音楽を嫌いにならないようにと祈ってくれた慧一が、日本にはいる。

背中に小さな四つ葉のクローバーを背負って。

『……残念だわ、ヨツバならいい先生になれそうなのに。いいわ、人生は長いもの。気長に待っているわね』

不思議な方向へ話が脱線したところでサムエルが買い物から帰ってきて、うやむやのままベルタさんとの話が終わってしまった。

続きを、と思ったけれど、雰囲気が完全に切り替わってしまっている。

私もどうしたいのか、ベルタさんにどうしてほしいのか。

もっと考えて明確な言葉で伝えられればよかったのに、和山会への不満しか伝えられなかった。

とにかく慎重に選択をしてほしい。それだけでも伝えられてよかったと、ポジティブな方向へ無理やり思考を転換させる。

そのあとは、美味しい焼き菓子をいただきながら、ベルタさんはサムエルの昔話をたくさん聞かせてくれた。

ベルタさんは何冊ものアルバムを引っ張り出してきて、サムエルもそれを嫌がらずに一枚一枚丁寧に説明してくれる。

私が日本で会うサムエルは優しくて王子様みたいだったけれど、育ったイタリアではかなりのやんちゃだったらしい。

ただ、幼い頃は引っ込み思案の恥ずかしがり屋だったようだ。一枚の写真の中では、ベルタさんの足にしがみつきカメラに撮られるのを嫌がっている。

ベルタさんは『信じられないでしょう？』とサムエルの肩を叩く。

ところがハイスクール時代にはすでに背中や腕にタトゥーを入れてケンカ三昧、女の子にモテモテで、朝帰りばかりしていたと笑う。

さっきベルタさんから『真剣に結婚を申し込むつもりだった』と聞いた身としては、それなりにいろいろと発散していたようでよかった……と妙な安心の仕方をしてしまった。

　そんな話をしていると、あっという間に陽が傾き、部屋は夕焼け色に染められていく。

　ベルタさんは、これから会食があるからごめんなさいね、と出かける支度を始めた。お邪魔にならないように、用意してもらった近くのホテルに移動する。

　このカーニバルのシーズン真っ盛りに、ホテルの部屋を押さえられるなんて奇跡的だ。

　自分でもホテルを探さなくてはと思っていたので、今回はこの厚意に甘えさせてもらう。

　きちんと宿泊料金を払うと伝えたけれど、サムエルには「ママと僕のゲストなのだから、気にしないで楽しんでほしい」と言われてしまった。

　顔を立てるという意味でも、ここは素直に甘えさせてもらった。

　ライトアップされた街、そこにたくさんの観光客たちが夜のベネチアを楽しむために繰り出していた。

　パブは石畳の路上にまでテーブルを出し、わいわいと皆がワインや食事を楽しんでいる。

旅や日々の中で起きた楽しい話をしているのだろうか、あちこちから明るい笑い声が上がっていた。

楽しい街だ。イタリア人は宵っ張りだと聞いている。

水の都で親しい人とワインを傾けながら、長い夜をゆっくりと過ごすなんて素敵だなと思う。

しかも美食の国ときた。ピザにプロシュート、海鮮のカルパッチョにジェラート。乳製品や魚介類、そして小麦を使った料理、デザート系まで美味しいなんてすごい国だ。

人の笑い声で溢れるどのパブやバーに飛び込んでも、当たり率が高いのは素晴らしい。

歩きながら眺めているだけで、お腹がくうっと鳴き出した。

ホテルに荷物を置いたら、何か食べに出よう。

慧一はちゃんとご飯を食べているだろうか。家出みたいなことをして、自分だけ美味しいものを食べるのは罪悪感が湧いてくる。

だけど、私もここで具合を悪くする訳にはいかないのだ。

お腹に赤ちゃんだっているし、何より病院にかかる事態が発生したときの異国での医療費が怖過ぎる。

自分のことは棚に上げてなんて、もうひとりの自分が心の中で突っ込みを入れた。

歩きながらあちこち見渡し、夕食のお店を吟味しているうちに、老舗の雰囲気が漂う、感じのいいこぢんまりとしたホテルに着いた。

落ち着いた石造りの外観、出窓の上には小さな明かり。イタリアでは、ホテルは古い建物をリノベーションして新たにオープンさせる場合が多いそうだ。このホテルも、中に入ったら今風の部屋に改装されているのかもしれない。

ロビーも花が飾られ、清潔感があり好ましい。表からも見えるフロントにいた眼鏡の紳士が、サムエルの姿を見つけ小さく手を振っている。

招き入れられるようにロビーへ入り、チェックインはサムエルが挨拶を交わしながら済ませてくれた。

「はい、これが部屋の鍵になるよ。好きなだけ滞在しても大丈夫だから、自分の部屋みたいにくつろいでね」

「ありがとう、助かります。じゃあ荷物を……」

「うん。部屋にこれを置いたら夕食にしよう」

サムエルとは今日はここでお別れだと思っていたのに、夕食に誘われてしまった。

サムエルに謝りたかった私は、これ幸いと思いきり頷いた。

サムエルが連れていってくれた古いパブも、たくさんのお客さんで大盛況だ。イタリアの夕飯の時間は遅いらしいから、これからもっと人がやってきて賑やかになるだろう。

棚にずらりと並んだ酒瓶に、釜の中を思わせるような石造りの店内。大きな焼きたてのマルゲリータピザを囲んでいるテーブルでは、熱々なチーズが伸びる様を写真に撮り、盛り上がっている。

わいわいとした雰囲気で、気持ちが少し軽くなってきた。

店長と思わしき初老の男性は、サムエルの訪問に両手を広げ喜んでいた。連れの私にも、よく来てくれたと歓迎してくれる。

空いたばかりのテーブル席へ案内してくれた。

「ここは行きつけなの？」

「うん、何軒かあるうちで一番食事が美味しいところ！」

にこにこしながらコートを脱いで椅子にかけると、サムエルは早速店員さんを呼んだ。

『彼女にオレンジジュース、僕はビールを。それからマルゲリータと、よつ葉はカルボナーラは好き？』

『え、ここで食べられるの？』

『イタリアでカルボナーラを食べないでどうするんだい？　パンチェッタも最高なのに。じゃあ、それと――』

サムエルは次から次へと料理を頼んでいく。全部お任せにした方が、美味しいものが食べられそうだ。

すぐに飲み物が運ばれてきて、そのオレンジジュースのジューシーさに驚いた。

「わあ」と声を上げると、シチリアで採れたオレンジを使っているイタリアではおなじみのジュースだ、と運んできてくれた店員さんが笑顔で教えてくれた。

サムエルもグラスビールをひと口飲んで、ふうっと満足気に息を吐いている。

料理が運ばれてくる前に、ちゃんと謝らないといけない。

私は覚悟を決めて、姿勢を直しサムエルに向き合う。

「あの、イタリアに連れてきてくれて、ベルタさんに会わせてくれてありがとうございました」

頭を下げると、ふっと笑う気配がする。

「君に、僕の生まれ育った街を見てもらいたかったんだ。いつかよつ葉とこの街を歩きたいと思っていた。僕の夢を勝手に叶えただけさ」

店内の淡い明かりの下で、サムエルの表情は柔らかなものだった。

「私ね、サムエルに泣きつけばベルタさんに会わせてもらえるかもって……騙すような真似をしてごめんなさい」

「騙されてなんてない。慧一のことも、お腹のベイビーのことも本当じゃないか。よつ葉は僕に相談しただけで、悪いことなんてしていない」

断言されて、心にのしかかっていたサムエルへの罪悪感が薄れていってしまいそうになる。

「ベルタさんに会わせてもらえたのに、言いたいことの半分もうまく伝えられなかった。来るまでにいろいろ考えていたのに、いざ言葉にしようとすると、自分なんかが口を出していい範疇《はんちゅう》を超えていて……」

「それでも、君は行動でママに示せたんだ。はるばる日本からイタリアにまでやってきた。悔しいけど……慧一のためにね」

その慧一は今頃、私の行方を捜し心配しているだろう。

それとも、あの女性に慰められているんだろうか。もう会うことはないなんて志垣さんは言っていたけど。

また女性と再会していたらと考えてしまいながら、今はそれを自分が責める立場にないと痛感している。

「……うん。でも結局、なんの役にも立てそうにないみたい。これじゃ、慧一を心配させて浮気の仕返ししたかったみたいね」

スマホは追跡される可能性があるからと、サムエルの指示で日本に置いてきてあった。

もし手元にあったなら、四六時中鳴り続けるスマホを手にして、言い訳も思いつかずに苦しい思いをしただろう。

それがない分、余計なことを山ほど想像してしまう。

愛想を尽かされてしまう可能性だって十分にある。

無鉄砲で自分勝手。書き置きを残して家出なんて確実に不信感を抱かせてしまった。

信用は地に落ちて、日本に帰ってから挽回できるかもわからない。

離婚、という言葉が現実的に思えてくる。

「でも、ママはよつ葉と話ができて嬉しそうだった。佐光も七原も、和山の不満を堂々と言ったりはしない、本心がわからない部分があるから」

「言えないよ、本来なら私だって言っちゃいけないんだと思う。はあ、ダメだね……慧一の奥さんとしても、七原の人間としても、中途半端で何もかもダメだわ」

うまくいかないもどかしさが、心に陰りを落として腐らせていく。

こんなことを聞かされて、サムエルだって気持ちよくないのに。

サムエルはビールをまた飲んで、ふっと視線を落とす。

「そう感じるときは、誰にでもあるものさ。僕だってうまくいかないことが重なる時期には落ち込む。このまま全部投げ出して、世界の果てまで逃げてしまいたくなるときもあるよ」

「本当？　サムエルでも、落ち込んだり逃げたくなったりするときがあるの？」

「そりゃあるよ。初めて襲撃されて横っ腹を撃たれたティーンのときなんて、しばらく眠れない日々が続いたんだ。目を閉じたら、今度こそ確実に殺そうと狙われるんじゃないかって」

「撃たれたの!?」

「腕の悪いヒットマンにね。見くびられたもんさ」

あっはっはと笑うサムエルは、もうその恐怖を克服したように見えた。

ひとしきり笑ったあと、サムエルはあーあ、とにじんだ涙を指で拭う。

「よつ葉が落ち込むその無鉄砲さは、慧一が一番よく知ってるだろ？　それにママや僕だって、勝手によつ葉を連れ出すリスクはわかってる。だからちゃんと対処してある」

「え、対処って……」

「ママが自ら七原に連絡しているよ。よつ葉と久しぶりに会いたいから、イタリアに来てもらっていると。よつ葉のパパは驚いていたようだったけど、連絡をくれてよかったと言っていたって」

よつ葉がここに来ていることは皆が知っている。だから、堂々と観光して美味しいものを食べて、楽しめばいいんだよ！とにこっと笑う。

「……私、日本に帰ったらいろんな人に叱られる覚悟をしていたの」

「どうして？　ママに呼ばれて、よつ葉はここへ来ただけさ。『断れない、仕方がない』状況だったんだよ」

「違うよ、私がサムエルを利用して……！」

「僕は騙されてないし、よつ葉とこの街を歩く夢を叶えた。こんないい夜はいつまでも終わらず続いてほしいけど……さあ、そろそろ僕のお薦めの料理が出てくる頃だ。一緒に美味しいご飯を食べよう」

そのタイミングで、次々とできたての料理が運ばれてきた。

湯気を立てるクリームたっぷりのカルボナーラを取り分けるサムエルは、手元から視線を上げずに私に語りかける。

「できることなら、この街でのことをよつ葉の思い出に残してほしい。僕が君ひとりを独占できたのは初めてで、そしてきっと最後だから」

私はその言葉に耳を傾け、その手元を見ていた。

「この時期の冷たい空気の匂いも、街中で揺らめく水路の風景も、このパンチェッタが自慢のカルボナーラも。慧一に全部話したっていい。ただ、よつ葉だけは忘れないで覚えていて」

優しい人だ。優し過ぎて、何も返せないことが申し訳ない。

私はこのイタリアでのことは一生忘れない。

まるで夢のような場所だったと、あの世で再会するであろう死んだ祖父母にも聞かせてあげるんだ。

何度も縦に頷いているうちに、目頭が熱くなりじわりと涙が溢れそうになった。

熱々のマルゲリータが運ばれてきたタイミングでそっぽを向いて、すぐに袖で拭う。

サムエルはそれを見ないふりをしてくれる。

そうして息を整えて、なんとか喉から絞り出した言葉は、格好いいものでも飾ったものでもなかった。

「……忘れない、死んでも絶対に」

子供の約束みたいな言い方になったけど、これが今の私がサムエルに伝えたいことだ。

それを聞いたサムエルは、眉をへにょっと下げて嬉しそうに頬を赤くした。

その顔は、昼間ベルタさんに見せてもらった、幼い頃の恥ずかしがり屋なサムエルの表情そのままだった。

夕飯のあと。ホテルまで送ってくれた別れ際に、連絡用にとスマホを一台貸してくれた。

体調不良、困ったこと。何かあったらすぐに連絡するようにと、サムエルに繋がる連絡先ひとつだけが登録されたスマホを渡された。

清潔なホテルの部屋でひとり。まだまだあちこちから人々の笑い声が上がる夜の街を窓から眺め、シャワーを浴び、ひとりで使うには広過ぎるベッドに潜り込んで寝つけない夜を過ごした。

それでもフライトの疲れは残っていたようで、夜明け前には意識は眠りの底に沈んでいた。

夢の中では、慧一と二人でご飯を食べていた。

大皿に盛られたカルボナーラをなぜか食パンに挟んで、慧一が美味しいと言ってぱくぱく食べている。

夢の中はおかしな状況なのに、それに疑問を持つことはほとんどない。

私は『それって焼きそばパンみたいなの？』と聞きつつ、オレンジのジェラートをつついている。

パンにかじりつく慧一を見て、そんな元気な姿を見るのはいつぶりだっけと私は考え始めて……。

微かに聞こえ始めた歓声や楽器の音がクリアになっていき、目が覚めた。

「……久しぶりに元気な顔を見られたと思ったのに」

呟いてみても、寂しくなるばかりだ。

いつ帰ろう。今夜はベルタさんに夕食に招待してもらっている。

夕方まで用事のあるサムエルが、それが済んだら迎えに来てくれる予定だ。

なら、帰ってきたら荷物をまとめて明後日の飛行機のチケットを見てみよう。

部屋に置かれた時計を見ると、針は十時少し前を指していた。短時間とはいえ、この状況でぐっすり眠れる自分の神経に呆れてしまう。

でも、お腹に赤ちゃんが宿ってから、やたらと眠い。ホルモンのバランスのせいだと知りはしたけど、これまでとは。

不安や涙脆《もろ》さも、ホルモンのせいらしい。よく考えれば人間をひとりお腹で育てるのに、母体に影響がない訳ない。

ひとり異国の地で深く考え過ぎると怖くなってしまうので、一旦考えるのはやめた。

顔を洗って軽くメイクをして、小腹が空いて鳴き出したお腹のために遅い朝食を買いに出る。

ロビーまで下りると、カフェスペースで見覚えのある男性を見つけた。

あの大きな風貌は、いつか東京でスーツケースを車から降ろすのを手伝ってくれたサムエルの部下の人だ。

『お久しぶりです。今日は休み？』

挨拶をしながら、陽の当たる向かいの席に座ると、テーブルに置いてあった朝刊をどけてくれた。

『休みだったら、今頃は仮装のひとつでもして昼からバルで一杯引っかけてるよ』

彼はスーツ姿で、カプチーノの注がれたカップを持ち上げてみせた。皿には、かじられた甘そうなパンもある。

『見かけによらず、甘党なのね。そのパンとても美味しそう！』

クロワッサンに似たパンに、生クリームがたっぷり挟んである。

『ブリオッシュっていうんだ。ここじゃ、朝飯は甘いパンとカプチーノって決まってる』

『皆がそうなの？』

『そうだとも。お前さんも、朝飯がまだなら一緒にどうだ？』

思いがけない誘いに、ふたつ返事で答えた。

テーブルの端に置かれたメニュー表を手に取ってみても、確かにこのカフェのモーニングの時間は甘いものしかなかった。

カフェインを控えていたけれど、思いきって頼んだカプチーノは予想よりぬるかった。だけど、生クリームとカスタードを挟んだブリオッシュは舌が蕩けるほど甘くて美味しい。

『日本では朝からライスやスープを用意して大変だよな』

『あ、そうか。イタリアでは朝はあまり火を使わない？』

『そうさ。朝は簡単に、その分ランチやディナーは手の込んだうまいもんを食うんだ』

なかなかタメになる話を聞きながら、ふと浮かんだ疑問をぶつけてみた。

『もしかしてだけど、今日は私を監視するためにいるの？』

『監視じゃない、護衛と言ってくれ。アンダーボスから頼まれてるんだ。あんたは大事なお客さんだからって』

『そうなのね。サムエルからは聞かされてなかったけど、あなたと一緒に朝食をとれたのは嬉しいわ』

そうして朝食が終わり、せっかくだからカーニバルの雰囲気だけでも味わいたくて外へ出てみた。

護衛の彼は、隣には並ばず離れたところで見守ってくれるらしい。

後ろを振り返ると、軽く手を上げて応えてくれた。

道いっぱいに観光客や仮装した人々が行き交い、時代も世界もごちゃ混ぜになったファンタジックで華やかな風景が広がる。

誰もがきらびやかな仮面をつけて写真を撮り合い、この非日常空間を楽しんでいるようだ。

「……すごい。自分のスマホがないから、写真に撮れないのが惜しいな」

広場近くの通りには仮面を山ほど並べた店が揃い、選びきれないほどの種類を扱っていた。

羽根やビジューで飾られた、美しい仮面ばかりだ。

価格帯も手頃なものからあり、目元だけを隠す白い仮面が気になって、手に取ってみた。

この仮面をつけたら、私もあの非日常の一部になれるのだろうか。

大切にされて守られて、協力してもらったのに結果を出せず街をブラついている私でも。

ベルタさんには、何を言いたかったのかわからないと呆れられちゃったかな。

サムエルは、仕方がないって思っているかも。

慧一には……余計なことをして心配かけるなと初めて叱られるだろうな。

しかも、まだ赤ちゃんのことを伝えられていない。

どう挽回したらいいのか。慧一のために動いたのに、結局何も成果を残せず皆に迷惑をかけただけだった。

壁に飾られた仮面が、一斉にこちらを見ている気がする。

改めてその光景が、日本から遠く離れているのだと実感させてくる。

手にした仮面を会計してもらい、見よう見真似でつけてみると、この風景の一部になれたようで少しだけほっとした。

店を出ようとすると、大量のツアー客たちが何組もコンダクターに先導されて小路をいっぱいにしていた。

その隙間を縫うように鞄《かばん》や肩がぶつかってきても、お互いに謝り、進む。

何が私を掻《か》き立てるのか、やたらと焦燥感が湧いて仕方がなかった。

立ち止まったら、考えをやめてしまう。

立ち止まったら、自分に甘い方向へ流されるままになってしまう。

歩いて歩いて歩いて、頭を空にしてもう一度しっかり慧一と向き合って、日本に帰って謝って、赤ちゃんができたよって伝えて……。

——それから？

「……聞かなきゃ。ちゃんと謝ったら、あの女性と子供のことを絶対に締め上げてでも聞き出さなきゃ」

慧一を好きだから、諦めたくない。負けたくない。

関係を聞き出して、私とどっちが好きなのかはっきりしてもらう。

和山会長に離婚しろって言われたら、慧一を連れて地の果てまで逃げてやる。

慧一たちがどれほど頑張っているのか、いなくなってから知ったって遅いんだから。

慧一と赤ちゃん、二人を養うのを想像したら、やたらと労働意欲も湧いてきた。

もやもやぐずぐずとしていたさっきより、気持ちはずっといい。

無鉄砲が功を奏して、急に自分が進みたい方向が見えてきた。

それに仮面をつけて、性格が変わっちゃったみたいだ。

そのとき、異国の言葉が交ざり合う広場の中で微かに慧一の声が聞こえた気がした。

振り返っても、人の波だけで出処はわからない。しかも、護衛の彼もいつの間にか消えている。

どんどん歩いているうちに、自然に撒《ま》いてしまったのかもしれない。申し訳なく思いつつ、借りたスマホがあるので心配ないよ、と彼に伝わらないテレパシーを飛ばしてみる。

再び歩き出して、今度はどう慧一をとっちめるか想像する。

まずは私が目撃した話をしよう。それから慧一の弁明を聞いて、事の次第では……

一瞬ベルタさんの顔が浮かんでしまった。

そのときだ。

鐘楼から空に向かって、荘厳な鐘の音が大きく鳴り響いた。

足を止めて、何度鳴るのか耳を傾ける。

いち……に……さん……。

ぼうっとしているところに突然肩に手をかけられ、心臓が飛び出すかと思うほどびっくりして振り返ると――。

息を切らして肩を上下させる、コートにスーツ姿のままの慧一が汗を垂らして口をぱくぱくさせていた。

第八章

『おう、慧一か？　さっきイタリアから連絡があって、よつ葉がロッソのボスに呼ばれて会いに行ってるらしいんだ。まだあっちには着いてはいないらしいんだけど……慧一、どういうことだ？』

スマホ越しの、七原の親父さんの低い声。

そんなことは何も聞いていなかった俺は、それは本当かと何度も確認してしまった。細く差し込んだ西日も消える頃。事務所で受けた七原の親父さんからの電話で、地獄へ叩き落とされた。

今朝だって短時間睡眠では拭いきれない疲労で起きられない俺に、何度も声をかけて起こしてくれた。そのときのよつ葉の様子は、どうだった？

すぐに思い出せない自分に苛立ち、奥歯をぎりっと噛み締めた。

「……普段通りに一緒に朝飯食べて、送り出してもらいました。何も聞いていません。イタリアって……よつ葉が日本から出国したってことでしょうか？」

状況が全く呑み込めず、親父さんからの話をそのままオウム返しするようになってしまう。

よつ葉から、何も聞いていない。

イタリアへ行ったということは、サムエルも一緒の可能性が限りなく高い。

『今日はもう帰れるか？　何度もよつ葉のスマホに電話をしているんだが、電源が切れていて繋がらないんだ。ロッソのボスはよつ葉に会えると喜んでいたけど……組を通さず急な話だよなぁ』

目の前が真っ暗になり、嫌な汗がどっと噴き出る。

連絡が取れない？　イタリアって、一体どういうことだ？

「すぐに帰ります。マンションの様子を確認して、折り返し連絡します」

これから集金の報告が上がってくる予定だったが、それらを一旦ストップさせる。

若頭補佐の志垣が何か言いたげだったが、それどころではなかった。

自分のスマホからGPSで位置を調べても、マンションから動いていない。

自ら運転して事務所を出たが、帰宅ラッシュの渋滞を避けながらどこをどう通って帰ってきたか、正直覚えていない。

マンションに着き、暗い部屋に飛び込む。

【少しの間、出かけてきます。必ず帰るので待っていてください】

よく見慣れたよつ葉の綺麗な字。

よつ葉の気配を残す書き置きを見つけて、親父さんからの電話の信憑性《しんぴょうせい》が増す。

ウォークインクローゼットから、よつ葉のキャリーケースが消えている。パスポートがなくなっているのも確認した。

玄関に取りつけた監視カメラの画像には、ひとりで家を出るよつ葉の姿が映っていた。誰かが迎えに来て、ここから一緒に消えた訳ではないらしい。

スマホと、いつも一緒に持ち歩いていたモバイルバッテリーがテーブルに置かれたままになっていた。

よつ葉は知らない。

毎度わざと見つかるようなGPSは囮《おとり》で、充電もされて見つかりにくい本物の高性能なGPSはモバイルバッテリーに仕込んであったことを。

律儀なよつ葉は、俺が連絡を取れなくなることを恐れるのを可哀想に思って、必ずスマホと一緒にモバイルバッテリーを持ち歩いてくれていた。

目を閉じて、落ち着くために息を吐いても心はざわめくばかり。

陽が落ちた部屋は、真っ暗で底冷えのするような寒さだった。

物音ひとつしない。ただ、自分の整わなくなっていく息遣いだけが聞こえる。

よつ葉がいないと、こんなにも部屋はからっぽで。

よつ葉がいないと、息をうまくするのも難しい。

よつ葉、よつ葉、よつ葉。

スマホをコートのポケットから出しサイドボタンを押すと、暗い部屋にディスプレイの光が広がる。

何度かコールが鳴ったあと、七原の親父さんが電話に出た。

「慧一です。マンションに戻りましたが、書き置きがありました。今からイタリアへよつ葉を迎えに行ってきますので、何かあったらあとのことはお願いします」

『わかった。こっちからロッソに、慧一がよつ葉を迎えに行くと連絡しとく。でも……無茶だけはしないでくれよ』

「何言ってるんですか。無茶をしてでも、よつ葉を連れて帰ってきます。よつ葉は誰にも渡しません」

まだ親父さんが話を続けたそうな雰囲気の中、では、と言って一方的に電話を切った。

この時期、イタリア行きの便はカーニバルの影響で満席のキャンセル待ち状態だと予想される。

それでもいい。直行便でも乗り継ぎでも構わない。いくらでも待ってやる。

着替えなんかはあっちに着いてから買えばいい。今は少しでもよつ葉のそばに行きたい。

そのまま、またマンションを出て空港に着いてから、オヤジにイタリアへ向かうと連絡をした。

訳がわからないと騒いでいたけど、きっと七原の親父さんが説明してくれるだろうと任せてしまうことにする。

サムエルの番号にもかけてみたけれど、こちらも電源が切れていて繋がらなかった。

それで確信した。よつ葉とサムエルは、一緒にいると。

長時間のフライト後、イスタンブールで乗り継ぎの便を待つ間、もう一度サムエルのスマホに電話をかけた。

イタリアに着いていれば、奴は電話を無視しない。嫌味な男だけど、よつ葉を連れ出したことで俺を無視できなくなる。きっと今回の件を悪くは思っていないから、堂々としているだろう。

その予想は当たり、サムエルは悪びれもせず、イタリア語で電話に出た。

そうしてあっさりと、よつ葉が泊まっているというベネチアの中心部に近いホテルの名前を伝えてきた。

よつ葉に会いたいと呼び出したというロッソのボスの話は、本当かもしれない。

『わざわざお迎えご苦労様。慧一はイタリアは初めてかい？　ママも慧一に会えるのを楽しみにしているよ』

『それはよかった。俺もボスに会って、話したいことがある。それとは別に……サムエル、お前よつ葉に何かしてないか？』

スマホの向こうで、奴がくつくつと笑い出す。

『あはは！　慧一は面白いな。まずよつ葉に対して自分が何かしてしまったと疑うものじゃないかい？　いきなり僕を疑うのはよくないね』

その含んだ言い方が、妙に引っかかった。

俺は昔から、サムエルに少なからず劣等感を持っている。

よつ葉の初恋の相手で、落ち着いていて。

いつもよつ葉に見てもらいたいと内心で必死になっている俺と違って、余裕がある。

逃げられたくないと追いかける俺と違って、どんと構えて待てる年上の男に見える。

よつ葉と結婚できても、その仄暗い気持ちは晴れることなくヘドロみたいに心の底にべったりとへばりついたままだ。

自分にサムエルより優れている部分を見いだせない、そんな割り切れない中に今もいる。

――自分が何かしてしまったと疑うものじゃないかい？

サムエルの言葉がずっと頭の中をぐるぐると回る。

結婚してからは、よつ葉の下着はすべて俺が買っているから？

よつ葉宛に届いた高校の同窓会のハガキは……一瞬隠してしまいそうになったけれど、悩んだ末に断腸の思いで返信の期限ギリギリで手渡した。

リビングに置いた共用のパソコンの履歴を俺がこっそりチェックしているのに気づいて、気味が悪くなったのか？　それとも玄関の監視カメラがバレたのだろうか。

大きな買い物をするときは相談するように言われているのに、よつ葉に美味しいお米を食べてほしくて、田舎で農家と契約して数ヘクタール分の水田を借りたから……？

どれも気持ち悪くは思っても、出ていくまでの理由にはならないはずだ。

……いや、わからない。小さなことが積み重なって、我慢ができなくなってしまったんじゃないだろうか。

だけど俺は、そうでもしないと穏やかによつ葉を愛せない。

信用しているが、魅力的なよつ葉に集まってくる人間を信じることができない。

よつ葉に笑ってもらえないと、自分の愛が伝わっているのか自信が持てない。

それでも——。

生涯で愛するのはよつ葉だけで、どんな形であろうと嘘偽りのない俺からの愛だ。

機内はこれからカーニバルへ向かう客でいっぱいで、あちこちから聞こえる会話でそれを楽しみにしているのが伝わってくる。

俺のように神妙な顔をしている乗客なんて、他にはいない雰囲気だ。

目を閉じると、よつ葉が音楽留学の行き先候補のひとつにイタリアを入れていたのを思い出した。

新婚旅行も忙しくて先延ばしにしている中、こんな形でそこに行くとは思わなかった。

なんとなくだけど、きっとよつ葉もそう感じているはずだ。

そう思うと、ぴりぴりしていた感情がほんの少し和らいだ気がした。

マルコ・ポーロ国際空港に着き、ローマ広場へ向かうバスにすぐに乗り込む。降りた先で水上バスへ乗り換え、ベネチアの中心部までやってきた。

カーニバルが始まり、街は仮装をした人で溢れ返っている。その人混みをかき分けるように、サムエルから聞いたホテルを目指す。

そこはずっと昔からこの地で営業を続けているような親しみを感じる、小さなホテルだった。

フロントには男がひとり、外を行き交う人々を眺めながら手元で何か作業をしていた。

中に入ると、男はパソコンで顧客帳簿でもつけていたらしい。俺に気づき、『ん？』と顔を上げた。

『すみません。ここに、日本人の女性がひとりで泊まっていると思うのですが』

男は怪訝《けげん》な表情を見せる。

『お客のことは何も話せないよ、個人情報がなんちゃらとかでうるさいんだ』

『失礼。彼女は俺の妻で、友人の……サムエル・ロッソからこのホテルに泊まってもらっていると聞きました』

『あんた、サムエルの友達なのか？』

『はい。ベルタさんとも知り合いです。妻を迎えに来たのですが、連絡が取れなくて』

男は片眉を上げると、ちょっと待っているように言う。そうして、電話をかけると言い、フロントの奥に繋がる部屋へ引っ込んでいった。

数分すると、さっきまでの厳しい顔をにこにこさせて戻ってきた。

『サムエルに確認が取れたよ。隠す必要はないとのことだ。確かにあんたの奥さんが泊まってるよ。ただ、今はカーニバルを見学に出てる』

『……サムエルとですか？』

『そんな怖い顔をしなさんな。奥さんはロッソの人間と一緒だよ。それと伝言だ。僕より先にヨツバを捕まえてみろ……だとよ。若いもんは情熱的でいいねぇ、オレだって昔は――』

なんて、男はいつかを懐かしむように話を始めたが、宿泊先を探す観光客が数人訪ねてきたので中断された。

教えられたホテルに、よつ葉が本当に泊まっていることはわかった。

ここで待っていれば帰ってきたタイミングで会えそうなのに、いても立ってもいられない。

それにサムエルは今、よつ葉と一緒にはいないらしい。

「先に捕まえてみろってか……」

疲れた体を、衝動が捜せ捜せと突き上げる。

ロビーからガラス越しに見える小路は観光客でひしめいている。けれど不思議と、この中からよつ葉を見つけられないとは思わなかった。

だってよつ葉は、俺の特別なのだから。


ここによつ葉がいる。そう思ったら安心したのか、一気に疲れがのしかかるように体が重くなってきた。

ずっと眠れなかったせいで逆に神経が尖《とが》り、イタリアの冬の日差しが目に染みる。

見渡せば人ばかり。笑い声や話し声が耳に響く。

自信も確信もあるのに、幸運だけが今足りない。

この人混みの中はさすがに走れず、早歩きであちこちを回る。

祭りの様子はまさによつ葉が好きそうなもので、今近くにいるはずなのに出会えないことに心臓が痛くなってきた。

目に映るすべてのものがぼんやりと霞《かす》み始めて、何度も目元をこすり、瞬きを繰り返す。

そのうち、水中に潜ったときのように耳が遠くなってきた。

かぶりを振って覚醒を促そうとしても、逆におかしくなっていく。

……すぐに見つけてやれない俺に、よつ葉はがっかりしてしまうかな。

サムエルはいかにも『ご苦労様』なんて顔をして、労りの言葉のひとつでも投げて寄越すのだろう。

建物の壁に少しだけ身を預けて、どんどん沈んでいく気持ちをギリギリ繋ぎ留めるために息を整える。

通り過ぎる人々が、振り返ったり心配そうに視線を送ってきたりするのを感じた。

しっかりしろ。情けない顔は散々晒してきたけれど、心まで腐らせるな。

子供の頃、月明かりの部屋で『よつばがいるよ』と頭を撫でてくれた幼いよつ葉の姿が浮かぶ。

ぎゅっと目を閉じ、開いたら再び足を進めようと瞼をゆっくりと持ち上げる。

世界は数秒前と変わらない。

ただ、いくらか視界はクリアになってきた。

鐘の音が合図のように鳴り出したので、踏み出そうと壁から体を離した瞬間だった。

人混みの中に、ひとり立ち止まる後ろ姿が目に飛び込んだ。

その人は、綺麗な黒髪を風に遊ばれながら空を見上げていた。

見覚えのある薄紫色のコートは、クリスマスにプレゼントしたものだ。寒がりなのを知っているから、上等で似合うカシミアのものを選んだ。

鐘の音が鳴る中、その人だけがぼんやりと光って見える。

いつか一緒に絵本で見た、ルーベンスのマリアの絵を毎日眺める少年を思い出す。

最後は本当に見たかったキリストの絵を見たあとに召されてしまうのだけど。

きっと少年は、簡単には言葉にできない気持ちで、あの絵を見つめていたのだろう。

奇跡と羨望、触れられない神聖なもの。けれど取り込みたい、近くで感じたいと強く願う渇望。

「……よつ葉っ！」

渇いてひりついた喉から、かろうじて名前を呼んだ。

一歩踏み出した足はよろめき、気持ちは焦るばかり。

「よつ葉！」

よつ葉を人の波が隠してしまうので、力を振り絞ってかき分ける。

伸ばした手が、世界で一番愛おしい女の細い肩を掴んだ。

――捕まえた、やっと見つけられた……！

振り返ったよつ葉は仮面をつけていたけれど、ものすごく驚いた様子がこちらにも伝わってくる。

俺も言いたいことはたくさんあったはずなのに、体の力が一気に抜けてしまった。

かろうじて立っている状態で両手を広げると、抵抗しないよつ葉を抱きしめた。

力は入らないが、もう逃がしはしないと必死で腕の中に繋ぎ止める。

「……ごめん。謝らなきゃいけないのに、驚いちゃって言葉が出てこない」

俺を労るように、背中をさすってくれる。

「うん、うん。俺も同じ……はあ、会えてよかった」

もっと格好よく迎えに来たかったのに、現実はうまくいかなかった。

「心配かけちゃったよね……」

よつ葉の涙声に、胸が締めつけられる。

「いいんだ、もう。よつ葉が無事でよかった」

はあ、と大きく息を吐くと、じわじわと見つけられた実感がやっと湧いてきたのに。

こういうときに、奴はしれっと現れる。

「チャオ、慧一！」

無視していると、よつ葉が「ほら」と背中をぱんぱん軽く叩く。嫌々顔をそちらに向けると、相変わらずの色男が片手を上げて笑っていた。

「慧一、それって日本の社畜のコスプレ？　いつものハンサムな君はどうしたのさ」

「……どうせしがない中間管理職だよ。コスプレじゃない、地でこれだ」

顎に手を当てると、じょりっと生えかけた髭の感触がした。

「中間管理職なのは僕も一緒さ。しかしずいぶん顔色も悪い。そしてやつれたなぁ……よつ葉が心配する訳だ」

しみじみとした言葉に、よつ葉がぎゅうっと俺に抱きついた。

「そ、そんなに言われるほどやばい感じ？」

よつ葉は無言で何度も頷く。

「心配、かけちゃってたんだね」

あー、と見上げた空は、眩しくて目を開けていられなかった。

「よつ葉を迎えに来てくれたそうだけど、もし僕がよつ葉を帰すのを嫌だと言ったらどうする？」

「サムエルに、よつ葉を引き留める権利なんてないだろ」

「権利だって？　よつ葉は物じゃないぞ。それに彼女を傷つけた慧一にも、その資格はないんじゃないか？」

俺がよつ葉を傷つけた？

空港でサムエルに電話したときも、似たようなことを言っていた。

よつ葉の顔を見ると、じっと俺を見返してくる。

「私ね、慧一に聞きたいことがあるの。とても大事なことだよ」

その寂しげな表情に、ざわざわと胸がざわめく。心当たりが全くないので、逆に何を聞きたいのか見当がつかない。

「いっそ、生き残った方が彼女の本当の夫になるっていうのはどうだろう？　その方が、僕たちはいいのかもしれないよ」

さっきまで柔和だった雰囲気が、一気に殺気立つ。気づけばロッソの人間だろうか、数人の姿を確認できた。

よつ葉に会えた安堵《あんど》と、心当たりのない出来事があるらしいこと、そして積み重なった疲労と寝不足が判断力を鈍らせる。

いいんじゃないか？　ここでサムエルと決着をつければ。そうすれば、密かに抱え続けた劣等感は拭われるかもしれない。

負ける気なんてさらさらない。

自分の奥底に、冷たい青い炎が灯る。

それを一喝して、一瞬にして消したのはよつ葉だった。

「そんなことしたら、怒るよ」

よつ葉は聞いたことがないほど冷たい声で、俺たちにはっきりと言った。

「殺し合いをしたいなら、私を理由にするのはやめて。それに周りを巻き込まないで。ここにいる人たちは皆カーニバルを楽しんでるんだから」

自分のことしか考えていなかった俺とサムエルは、ついぽかんとしてしまった。

「ケンカして決着をつけたいなら、七原組は柔道でやり合うの。二人とも、柔道はできる？」

確かに、七原組は皆揃って柔道をやっている。和山会の中でも、七原は武闘派だ。

俺は七原の親父さんから勧められてはいるが、まだ道場へは行けていない。

「いや、柔道はまだ……」

「僕も柔道はやったことないんだ。殴り合いじゃダメかい？」

よつ葉はキリッと眉を上げて、「顔が腫れるからダメ」とぴしゃりと言い放った。

広場から離れ、入り組んだ小路を進むと、意外にも住宅地のような場所に出る。

そこにも広場があり、バスケットゴールが設置されていたりなど、ちょっとしたゲームができるような造りになっていた。

カーニバル会場になっているような観光地の広場と違い、ここは住人たちが気軽にスポーツなどを楽しめるようだ。

照明も設置してあるので、夜には明るく照らせる仕様になっているのだろうか。

住宅地だけあって、そばの家では洗濯物がはためき、広場の端ではテーブルを出してのんびりランチを楽しむ住人もいる。

華やかに賑わうカーニバル会場から離れてみると、イタリアの日常の時間が普段通りに流れているのだと知った。

「ここで、気が済むまで相撲をして。殴ったり噛みついたりは禁止よ。失神したり激しく流血したりした時点で相撲は強制終了です」

柔道ができないので、結局相撲をしろとここに連れてこられた。この場所は今日、たまたまよつ葉がぐるぐる歩き回っているときに発見したらしい。

「相撲って。相撲かぁ……」

サムエルは方法にいまいち納得できないようだけど、よつ葉の突拍子のなさに俺は慣れている。

しかしまさか住宅地の方にまで足を延ばしていたとは。広場で見つけられて、本当によかった。

「よつ葉、聞いていいかい？　この……相撲に僕が勝ったら、新しい夫にしてもらえるのかな？」

「万が一、慧一に勝っても、次は私のお父さんが柔道着で控えてるわよ？」

ふざけた質問をするサムエルは、七原の親父さんの話が出てきたのでひくりと眉を動かした。

「私ね、ずっと考えていたの。二人は……こんな言い方をしたくはないけど、私が原因でいがみ合うことが多いでしょ？　私にも責任はあるけど、一度二人でとことん話し合ってみたらいいと思うの」

ボディーランゲージ、ぶつかり合いでね、と付け足された。

「ケンカはいつも寸前で止められていたから、いい機会かもしれない。ただ、今のやつれた慧一に勝っても全然嬉しくないけどね」

「何言ってんだ。俺がこのくらいの方が、お前にはちょうどいいよ」

お互いに動きやすいように、コートとジャケットを脱ぐ。

気持ちが変に高揚しているせいか、シャツになっても不思議と寒さを感じることはない。

「相撲って言ったけど、ここは土俵でもないし行司もいない。ただ、投げて転がし続けて、最後まで立っていられた方が勝者よ」

地面はアスファルト。擦り傷程度は許容範囲か。

取っ組み合いの時間は一時間きっかり。警察が来たら即解散と決められた。

『ロッソとよくわからない日本人がレスリングを始めるぞ！』と住人の誰かが陽気に叫び、あっという間にギャラリーが増えた。

「さ、始めようか、サムエル」

「知り合いがたくさん見ている中で、負ける訳にはいかないなぁ」

ニヤッとサムエルが笑う。それが勝負を始める合図となった。

お互いに構え、じりじりと近づいていく。それからすぐに掴み合いになり、全力でぶつかり合う。

向こうの方が体格がいい分、すさまじい衝撃をぐっと下半身に力を入れて受け止めた。

ちょっとでも舐《な》めてかかっていたら、思いきり体勢を崩されていた。

「……さすがだな、体格がいい分化け物みたいだ」

「だいたいはこれで吹っ飛んでくれるんだけど……意外に慧一もケンカ慣れしてるんだね」

喋りながらでも、奥歯に力をぎり、と入れていないと押し負けてしまいそうだ。

頭突きのひとつでもして沈めてしまいたいが、それは禁止されている。

殴る蹴るもダメなら、こうやってひたすら力比べをしながら体力を削っていくしかない。

じゃり、と革靴がアスファルトの上を滑る。

足元に目を落とすと、サムエルも革靴を履いていた。上等な新品のものだ。

一瞬の隙をついて、掴まれていた腕を払い除け、考える間を与えずに上半身をさらに低くする。

そうして、サムエルの片足に全体重を乗せてタックルをかました。

片足を取られたサムエルは、もう片方に体重がかかり、俺が押したことでバランスを崩した。

背中からアスファルトに倒れて、悔しそうに短く叫ぶ。こちらも肩で息をするほど苦しくなっていたが、整える間もなくサムエルが立ち上がって腰にタックルを仕掛けてきた。

お互いに何度も倒れて、どちらもシャツが破れていたので脱ぎ捨てると、わあっと歓声が上がった。

サムエルの胸や腕、背中にもびっしりとトライバルのタトゥーが入っている。

俺やサムエルのむき出しの肌はアスファルトで擦れて傷だらけ。髪もくちゃくちゃで、首から下は満身創痍《そうい》。

頭に血が上っているせいか、興奮して真冬の凍える寒さは一切感じない。

囲むギャラリーの歓声は遠く、俺にはもうサムエルの息遣いと声しか聞こえなくなっていた。

「僕は、僕はずっと慧一が羨ましかった……よつ葉と一緒にいられて」

「何言ってるんだ、それはこっちの台詞だ。お前はよつ葉の初恋の相手なんだぞ。俺がどう足掻いたって覆らない」

「はは！　そのくらいは僕に譲ってくれよ……っ！」

もう掴み合った腕に力が入らない。

どれくらい経ったのか、また鐘の音が聞こえてきた。

「慧一、僕は諦めない」

「……そう言っておいて、一歩引いてるのをわかってる。余裕があっていつだって完壁で……お前によつ葉の気持ちがいつか向くんじゃないかって怖くて仕方がなかった」

劣等感を本人に伝えるのは、勇気がいった。だけどサムエルの『羨ましかった』という気持ちが、自分がずっと抱えてきたものに似ている気がした。

完璧が服を着て歩いているような男でも、そんな感情を持っているのか。

「よつ葉は絶対に渡せない……なんて言ったら、物じゃないってまた叱られるな」

「ああ、彼女は自立した女性だ……だから、不安にさせたら飛び立っていってしまうぞ！」

腹の底に残った最後の力を振り絞って、ぶつかり合った。

目の前が真っ白になって、ふわっとした浮遊感。それからすぐに、後頭部から背中にかけて地面に叩きつけられ激痛が走る。

咄嗟に閉じていた瞼を開けると、青い空が広がっていた。

驚くほど全身に力が入らず、首だけ動かすと、俺と同じようにサムエルが地面に転がっていた。

縋るものがないアスファルトの上で、不格好に悶《もだ》えながら、体に少しずつ力を込めていく。

やっとの思いで上半身だけ起こし、取っ組み合ってから初めてよつ葉を見た。

感情的になることなく、俺とサムエルの様子を見ている。

沸き立つギャラリーの中で、よつ葉だけが泣いたり喚いたりせず、どちらにも肩入れしない公平な立場を貫いていた。

もぞりと、サムエルが動き出す。

歯を食い縛り、俺は唸りながら全身に力を巡らせる。

地面に膝を立て、叫びながら立ち上がった。

歓声と拍手、指笛の音がいっぱいに聞こえる。

それから、まだアスファルトに尻をつけて立ち上がれないサムエルに肩を貸して立ち上がらせた。

口の中に、異物を感じる。それを手のひらに吐き出すと、歯が欠けていた。

「……うわ。お前、体重何キロあるんだ。持ち上げるのに食い縛ったら歯が欠けた……」

「いい腕の歯医者がいる。紹介してあげるよ」

どちらからともなく、笑いが漏れる。そうしたら止まらなくなってしまって、二人して大笑いになった。

「お疲れ様。どうだった？　二人、結構気が合うと思うんだけど」

よつ葉が鼻を赤くして、近づいてきた。

俺とサムエルはお互いの顔と姿を見合って、おかしくてまた笑い出した。

「今晩のママのディナー、慧一も招待されてるんだから、身綺麗にしてくるんだぞ。二十時にはホテルに迎えに行く」

「……シャツ、サムエルに破かれたんだけど」

「着替え持ってこなかったのか？　よかったな、ここはファッションの街でもある。何枚でも好きなシャツを買えるぞ？」

はあ、とため息をつく俺の剥き出しの背中をサムエルがばんばん叩く。

よつ葉は「ほら～」と、ちょっと拗《す》ねた顔をする。

「男同士はさ、ずるいんだよ。殺し合いになりそうだって心配すれば、今度はげらげら二人して笑ってるし。怪我しても平気な顔して、最後はわかり合っちゃってさ」

みるみる顔が赤くなって、涙をボロボロこぼすから驚いた。

「志垣さんも、志垣さんもそうだよ……！」

「え、志垣がよつ葉に何かしたのか」

サムエルはこの話を知っているのか、「あ～」と言って、「それな」と話に加わってきた。

よつ葉は俺に詰め寄り、拳で一度俺の心臓の辺りを強く叩いた。

「……慧一、浮気してるでしょ。見たんだよ、女の人と子供と歩いてるの……一緒に見ていた志垣さんを問い詰めても、見逃してやれって、理由も説明もしてくれなかった」

バカ！　バカ！　バカ……！と、最後は語尾が弱々しくなっていき、とうとう声を詰まらせた。

「僕は、慧一が浮気してるってよつ葉から相談を受けていたんだ。まさかって思ったけど……」

疑いの目を向けられて、浮気に身に覚えがないので、理解が追いつかないほど驚いてしまった。

「浮気って、一般的な浮気のことだよね？　よつ葉がいるのにする訳ない。本当に浮気したなら、俺はここでよつ葉に刺されてもいい」

よつ葉は「そんなことはしたくない」と、さらに泣き出した。

こんな風に、周りも気にせずに泣くなんて久しぶりに見た姿かもしれない。

手首の手術の前日に、二人きりの部屋で泣いたのを見たきりだったかもしれない。

そのくらい、よつ葉を現在進行形で苦しめているということなんだ。

「その、俺を見たって日はいつ？」

「……ピアノの調律の帰り、志垣さんに迎えに来てもらって。その帰りに車から見えた」

バーのピアノの調律がある日は、よつ葉が立ち会うことになっている。志垣をよつ葉につけて、俺が迎えに行けなかった日……。

「……思い出した。よつ葉、俺はあの人とは浮気どころか恋愛もできない。いつか存在を話そうとは思っていたんだけど……あの女性は半分血の繋がった俺の姉さんだ」

顔を上げたよつ葉の表情が、「え？」と、意味がわからないと物語っている。

「そういう言い訳や、誤魔化し方もあるね」

サムエルが余計なことを言うものだから、よつ葉は疑惑の目を再び持ち始めた。

「志垣さんは、二人のことはそっとしておいてやれって」

「あいつめ……あの日は、姉さんが東京から離れる日だったんだ。離婚して、知人を頼りに子供を連れて地方へ越すって。俺たちのオヤジである組長が見送りに行けない代わりに、当分の生活費を渡すために俺が会いに行ったんだ」

オヤジの愛人が産んだ娘、それが姉さんだ。

その存在を知ったのはつい数年前で、俺としてはなんの感情も湧かない人。半分は姉弟だといきなり聞かされても、ピンとこないのはお互い様だった。姉さんの母親——かつてオヤジの愛人だった人の葬儀に連れていかれての、初顔合わせだった。どこか自分と似た雰囲気もあったけれど、弟の突然の登場に戸惑う普通の人で。

そんな話をしても、よつ葉に今信じてもらうのは無理があるだろう。

「証拠を出せって言われたら、この場で組長か姉さんに電話をするしか方法がない。そうだ、日本に帰って、俺と姉さんのＤＮＡ鑑定をしてもらおう」

姉弟だとはっきり証明するには、それが一番いい。

姉の存在の説明を後回しにしてしまったばかりに、よつ葉をひどく不安にさせる結果となってしまった。

いつかオヤジと同じようなことをするかもしれない、と思われたくなかった。オヤジに対してもふつふつと怒りが湧く。帰国したらめちゃくちゃ嫌味言ってやる。

よつ葉は俺の顔と地面とを交互に見て、嘘か本当か見極めているようだった。

はいそうですか、なんて、すぐに納得できない気持ちはわかる。

「……信じていいの？」

「うん。あの人は姉で、俺は浮気なんて絶対にしない。この身は生まれてから死ぬまで、全部よつ葉しか要らないよ。だから、俺、ちゃんと初めてだったでしょ？」

「は、初めてかどうか確認のしようがなかったけど、落ち込む姿はそうかもなって感じだった」

サムエルがぎょっとした顔で俺を凝視する。あれは内心で、俺が結婚するまで童貞だったことに驚いている顔だ。表情に出過ぎだ。

「なら、私、慧一のお姉さんに会ってみたい。ご迷惑になるなら遠慮するけど、もし大丈夫ならご挨拶したい」

涙に濡れたよつ葉の瞳が、光を取り戻していく。

「あの人……、姉さんも、結婚おめでとうって言ってくれてたんだ。きっと連絡したら、よつ葉に会いたいって言ってくれると思うよ」

そう伝えると、よつ葉がやっと笑ってくれた気がした。

広場に集まったギャラリーはそのままそこで酒盛りを始めたり、帰っていったりで、取っ組み合いをしていた熱い空気はすっかり消えていた。

今更ながら、ぶるりと震え上がる。興奮が落ち着いてきたら、冷たい空気に体が寒さを感じ始めてきた。

破れたシャツは着られないので、素肌にジャケットを羽織りコートの前を閉めると、言いようのない悪いことをしている気になってきた。

よつ葉もサムエルもその部下も、笑うのを我慢している。

サムエルなんかは、いつの間にか部下に着替えを持ってこさせていて、新品で上等なシャツをしれっと着ていた。

よつ葉は「露出する人なら下も脱いでるから、慧一はセーフだよ」と笑いながら励ましてくれる。

「イタリアまで来て、露出狂一歩手前みたいな格好で恥ずかしい……」

さっきの取っ組み合いでくたくた、寝不足もあって格好つけるのを忘れた頭が、浮かんだ言葉をそのまま出力した。

「恥ずかしいって、慧一はそういうことを素直に言える奴だったのか……」

聞いていたサムエルは、まるで憑《つ》き物でも落ちたようにぽかんと驚いた顔をした。

そうして部下に持たせていた自分のマフラーを受け取ると、迷わずにそれを多分格好いい感じに俺に巻き始めた。

鏡がないからわからないけど、もしこの状況の中で変に巻いていたらサムエルは鬼畜だ。

「ほら、首元を隠せばマシに見える。まずはホテルに帰って、シャワーを浴びて髭を剃《そ》れ。身綺麗にしろ。今夜は僕のママに会うんだから」

やたら面倒見がいいサムエル。俺がチラッと部下を見ると黙って頷くので、されるがままになる。

「サムエルって、お兄ちゃん気質だよね。確かひとりっ子だったよね？」

よつ葉が隣から、にこにこしながらサムエルに話しかける。

「ママの子は僕ひとりだけど、母親違いの妹や弟がそれなりに……まあ、父親には苦労させられるよね」

ため息をつくサムエルに、俺は完全に同意するしかなかった。


力の入らない体を引きずって二人でホテルへ戻ると、フロントにいた男が『会えたんだな！』とウィンクを投げて寄越した。

ぺこりと頭を下げて、よつ葉に手を引かれるままエレベーターで上がり、部屋に入れてもらう。

そこは清掃の行き届いた、豪華ではないけれど過ごしやすそうな落ち着く部屋だった。

「まずは、シャワー浴びてさっぱりして。疲れてて嫌かもしれないけど、怪我の手当ても終われば夜まで少しの時間眠れるから」

新しいタオルを出すね、とバスルームへ向かおうとするよつ葉を引き留める。

「ちょっとだけ、手を握っててい い ? そうしたらちゃんとシャワーを浴びるから」

よつ葉は黙ったまま頷いて、二人で手を繋いでベッドへ腰かけた。

「……慧一、何も言わずにいなくなってごめんなさい」

横でよつ葉が深く頭を下げて肩を震わせるから、たまらなくなって隣から抱きしめた。

「汚れたまんまで触ってごめん……我慢できなくて。俺が悪いんだから、謝らないで」

心を切り裂くような誤解をさせてしまったのは、保身を優先した俺だ。

「違うの、慧一がずっとカジノのことで忙しくしてたでしょう? このままじゃ死んじゃうって思って、ベルタさんに話をしたくて日本から勝手に飛び出したの」

まさか、俺のためにイタリアへ向かったのか。浮気されていると傷つきながらも、心配の方が勝って行動してくれていたなんて。

「七原の親父さんから、よつ葉がイタリアに向かってるって連絡が来て心臓が潰れるかと思った。連れ戻すことしか頭になくて、でもサムエルに、俺自身がよつ葉にしてしまったことを疑えって言われて」

サムエルは、あのとき俺にヒントと時間をくれていたんだと気がつく。

「でも私、ベルタさんに何も言えなかった。慧一の役に立てなかったんだよ……自分が思っているより、ずっと無力だった」

よつ葉は俺の腕の中で、また子供のように泣きじゃくった。

ごめんなさい、疑って勝手をして、心配させてごめんなさいと繰り返す。

俺はもう胸が苦しくて、よつ葉にここまでしてもらえた幸福感と、その心を傷つけていた罪悪感でいっぱいになっていた。

「いや、謝るのは俺の方だよ。それに、よつ葉がボスと会うためにイタリアに飛んでくれたことで、俺も願ったり叶ったりがひとつある」

「……え、何」

「ボスは、あまり顔を出さないって有名だ。表舞台をサムエルに任せることで、ボス交代時にスムーズに引き継ぎができるように自身は引っ込んでいる。あの人と会うことすらまず相当難しい」

「だけど、ここにはサムエルを騙して連れてきてもらったようなものなんだよ。真面からお願いして面会できた訳じゃないから、申し訳なくて……」

サムエルを騙した——そんなフレーズに驚いた。けれど、ロッソ側から七原に連絡があり、自分が呼んだと言っていたらしい。

よつ葉は騙したつもりで、またロッソ側は騙されたふりをしてくれたのかもしれない。

よつ葉の相談にサムエルが乗っていたと言っていたから、そこからボスに話が通り、イタリアへ連れてきたと予想する。

日本に帰ったとき、よつ葉の立場が少しでも悪くならないよう、ボスが配慮して直接連絡をしてくれたのだと思う。

ただ、場合によってはそのまま残留させて、帰してはもらえなかった可能性だってあった。

「よつ葉がそこまでしてくれたおかげで、今夜ボスに会える機会を得た。これはとんでもなく幸運で、すごいことだ。俺はこのよつ葉のくれたチャンスを逃さない」

「チャンスって、何をするの？」

俺の胸から顔を上げて、不安げな表情になる彼女の背中をゆっくりとさすする。

「ボスに新たなビジネス、巨大なバーレスクの経営を提案する。今度は和山側と共同経営。万が一カジノが関西へ移ったときの打撃が少しでも減るように……あと、黙って見送るのも悔しいし？」

ニッと笑ってみせると、よつ葉は首に抱きついてきた。

バーレスクは、たくさんの踊り子たちのセクシーなバーレスクダンスやパフォーマンスを観覧できる、ショーと酒が楽しめる場所だ。

ヨーロッパやアメリカでは本格的なショービジネスとして展開されており、それを日本でもと考えていた。

バーレスクの中では独自の通貨を使い、それをチップとして踊り子にも渡せる。席で会話も楽しめるが、お触りは禁止だ。

踊り子は日本人だけでなく、海外の子も揃えたい。演出家や音響、舞台セットができる人間も必要で、やるとなったら上物で勝負したい。

カジノで遊び、勝った金を、バーレスクに落とす。その価値があると思わせるショービジネスを東京で一緒に展開できないかと、和山と案を詰めてきた。

「すごい、いつから考えてたの！」

「結婚する少し前から、組長には話していたんだ。まずは建物や土地の候補から押さえないとだから。それから七原の親父さんにも。和山の会長には二人から話してもらえたから、あとはロッソ側にプレゼンする段階だったんだ」

サムエルに打診してもよかったのだけど、できるなら直接ボスと話し合いたかった。

「だから……ずっと忙しくしてたの？」

「会長を説得するのに時間がかかった。カジノを動かされない努力をする現状維持が一番だって。バーレスクのリスクの面をかなり厳しく指摘されて、ひとつずつ潰すのに時間がかかっちゃった」

「……ずっと、毎晩死にそうな顔をして帰ってくるから、心配したんだよぉ……」

語尾は、涙声だった。

「もっと、俺からこうやって話をすればよかった」

「うん、教えちゃダメなことは秘密でいい。ただ、大変だとか、疲れたって素直に言ってくれたら嬉しいよ」

久しぶりのよつ葉の柔らかさや体温に、安心して俺も泣きそうになる。

「これからボスに話す提案の件、このままここで話していい？　よつ葉からの意見も聞いて、推せるポイントとかあったらどんどん教えてほしい」

「私なんかでいいのかな」

「俺はよつ葉の意見が聞きたいの。場合によっては、よつ葉にも働いてもらいたい」

驚くよつ葉に、俺はこれからボスに提案する事業の話を丁寧にした。

メリット、リスク、負債や利益の分配の予想を話す。

よつ葉はそれを聞いて、ボスなら利益と同じくスタッフの待遇を厚くすることで事業に興味を持ってくれるかもしれない、と意見をくれた。

他にも、決まり事などは必ず双方で話し合う、スタッフとの細やかな面談をする、事業に関して隠し事は絶対にしない、などの案を出し、福利厚生の話なども積極的にしてくれた。

よつ葉はボスと直接会って話をしているせいか、または七原の親父さんから話を聞いているのか、ボス自身の性格を把握しているようで、話をしていてかなり心強い。

よつ葉の表情もどんどん明るくなっていくし、出される意見も建設的で納得がいく。

「よつ葉、本格的にこの事業に経営陣のひとりとして加わらないか？　その広い視野と考え方が必要なんだ」

よつ葉はパッと嬉しそうな顔をしたのに、返事を言い淀んだ。

そんな中、部屋に客が来た。ロッソの部下が大きな箱やらをいくつも持ってやってきたのだ。

『アンダーボスから二人に、と。サイズは合っていると思う。今夜楽しみにしている……と伝言だ』

受け取った高級ブランドの重厚感溢れる綺麗な箱を開けてみると、ウン十万円もしそうな生地も仕立ても上等のシックなスーツとシャツがあった。

『どうやって俺のサイズを……』

『心配するな。アンダーボスは一度抱いた女のスリーサイズを間違えない。男だって同じようなものなんだろ』

『お、俺は抱かれてないだろ！』

『裸で取っ組み合ったんだ。同じようなもんだ』

細かいことを気にするなと、ロッソの部下は大きな体で肩を竦めてみせる。

隣でよつ葉が、真新しい、これまた高くて暖かそうなストールを抱いて大笑いしていた。

プレゼントを受け取ったのだから、きちんと約束通りに身綺麗にしないといけない。

もうすっかり陽も沈み、部屋に明かりが灯る。まだまだカーニバル本番だというように、窓の外からは賑わう歓声が聞こえてくる。

それが、ここが日本ではないことを強く印象づける。

俺はバスルームで髪や体を洗い、そのついでにと、そこで鏡と向き合って髭を剃っていた。

よつ葉と話ができ、誤解を解けたことで、サムエルとの取っ組み合いの疲労は和らいでいた。

バスルームの戸の向こうから、ふいに俺を呼ぶよつ葉の声がした。

髭剃りを当てる手を止めないままで「どうしたの?」と返事をする。

すると、戸のすぐそばで「あのね」と声がした。

「さっき、事業の話をしてくれたでしょ? 本当に嬉しかった。私にも慧一の役に立てることがあるんだって」

「よつ葉と話をして、ますます明確にビジョンが見えてきたんだ。この話にはよつ葉が必要だと確信した。ボスからいい返事をもらって、日本に帰ったら詰めた話をしよう」

てっきり、よつ葉から明るい返事がもらえるものだと思っていた。

だけど戸の向こう側は、沈黙している。

「よつ葉?」

「私、慧一に伝えないといけないことがあるんだ。大事なこと」

出しっぱなしのシャワーの音がやけに耳に響く。

肌に当てた髭剃りを動かす手を止める。

「私ね」

浮かれていた熱が、一気に引く感覚がする。

誤解は解けたのに、まだ残された問題があるのか？

「……赤ちゃんできたよ。慧一の赤ちゃんを妊娠した」

三秒くらいは、頭が真っ白になった。

それから、叩き落とされている最中の地獄から、天国へ逆バンジーのごとく一気に引っ張り上げられる。

心臓に集まる血が沸騰しそう。口から溶岩流が出そう。

赤ちゃんって……赤ちゃん⁉

よつ葉と俺の子供ってこと⁉

つい手に力が入り、プラスチックの髪剃りの柄はバッキリ折れ、顎に鋭い痛みが走り覚醒した。

「……あ、あ、あか、あか、アカチャンって本当に⁉」

バスルームの戸をばんっと思いっきり開くと、びっくりしたよつ葉が目を丸くして立ち尽くしている。

「ちょ、慧一、裸で……顎！　顎切れちゃって血が流れてる！」

「そんなの気にしないで！　今は赤ちゃんの話が大事だから！」

両手を広げてよつ葉を抱え込むと、彼女がじたばたともがく。

「びしょびしょで抱きついてくるな……って、あはは！　やだもう、こっちまで濡れた～」

「心臓がやばい。うわ、嬉しい！　このまま、よつ葉を抱えて外に飛び出したい！　行くか！」

よつ葉を抱き上げて脱衣所を出ると、「本物の露出狂になっちゃうよ！　捕まる！」と、部屋から飛び出すのを止めるために割と本気の力で背中を叩かれた。

「嬉しいんだなって、皆わかってくれると思うんだけどな」

「ただの迷惑だよ。赤ちゃんだって、パパがイタリアで顎から血を流して全裸で逮捕されたことがあるなんて知ったら……泣くでしょ？　すぐに動画撮られて、ＳＮＳで拡散もされちゃうんだよ？」

ちゅ、とよつ葉にキスをされて、心も体も蕩けそうだ。

「いっそ羽でも生えてたら、よつ葉を抱えてどこまでも飛んでいけるのに」

「羽はないけど、飛行機でここまで迎えに来てくれたじゃない」

ありがとう、とよつ葉が微笑む。

「俺こそ、本当にありがとう。赤ちゃん、めちゃくちゃ嬉しくて……全裸だけど、これからもよろしく」

笑い出すよつ葉に、何度も何度も繰り返しキスを贈った。

「どうしたんだい、顎に大きな絆創膏《ばんそうこう》を貼って。悪戯な猫ちゃんに引っ掻かれでもしたのか？」

迎えに来たサムエルは、贈ったスーツを着た俺を満足そうに眺めたあと、どうしたんだと聞いてきた。

「猫ちゃんじゃない、悪戯なアモーレに驚かされただけだ」

アモーレ、イタリアでは赤ちゃんや愛おしい存在をそう呼ぶ。

嬉しさを堪えきれずニヤッと笑うと、サムエルはよつ葉を見て、「もう言っちゃったのか」と残念がった。

「サムエルは、赤ちゃんのことを知ってたのか！」

「知ってたとも。君の浮気疑惑を相談されてるときにね。ちなみに、ママも知ってる」

よつ葉はごめんと申し訳なさそうにしたが、この際もういい。全然構わない。

この嬉しさ、喜びを誰かに伝えたくて、うずうずしてしまう。

もういっそ、さっき取っ組み合ったばかりのこいつでもいい。

いや、本心を見せ合ったこいつに聞いてほしい。

「サムエル、聞いてくれ。俺はよつ葉から妊娠を聞いたとき、嬉しさのあまり全裸でパレードに突入しようとしたんだ」

そのくらい、喜びでいても立ってもいられなかったと身振り手振りを交えて伝えた。

サムエルが目を見開き、俺を凝視する。

「全裸で⁉　服をわざわざ脱いでか？」

「いや、シャワーを浴びてる最中に戸を挟んで聞かされて。幸福感でいっぱいになって、世界中の人類にこの素晴らしい奇跡をありのままで伝えたかったんだ」

サムエルは今度は神妙な顔をして、よつ葉に語りかける。

「慧一はあのあと、仮眠を取らなかったようだね」

「興奮し過ぎて逆に眠れなくなっちゃったみたいで……ごめん」

よつ葉は、呆れたように俺をちらりと見る。

俺は全開で笑い返した。

「日本でも、もしかして慧一は全裸の趣味が……いや、広場では恥ずかしがっていたのに」

すかさず、よつ葉からフォローが入った。

「日本でだって、全裸で飛び出したことなんてないよ！　今はちょっと寝不足と疲労、赤ちゃんのことが重なってハイになっちゃったらしくて」

「少しすれば慧一も落ち着くだろう。こんな嬉しいことは人生に数度とないんだ、このまま今は見守っていこう」

ほんの前だったらムカついていたサムエルのこの余裕を目の当たりにしても、嫌な気持ちは湧いてこない。

こんな夜だからだろうか。それとも、俺の中の何かが変わったのか。

そのまま歩いて夜の街に出れば、まるで世界が赤ちゃんを祝福してくれているように、キラキラと見るものすべてが豊かに輝いていた。

なぜか両側から、二人にホールドされる形で歩いているけど、気にしない。

三人でこんな風にくっついて、イタリアの街を歩く想像も予想もしていなかった。

人から見たら、まるで……サムエルと俺は友人のように見えるだろうか。

それが嫌だとは思わない自分が、くすぐったい。

「イタリアはすごいな、まるで天使が住んでいるようだ。祝福の国だな」

「気に入ってくれて嬉しいよ。いつかまた二人でゆっくり遊びに来るといい」

「そうだな。よつ葉が昔から憧れてた国のひとつだ……年を取って落ち着いたら、こっちに移住してもいいなぁ」

よつ葉はとても嬉しそうに、そういう選択肢も慧一の中にあってよかったと涙ぐむ。

「そうさ、慧一！　仕事ばっかりが人生じゃないんだ。ヤクザとばかり顔を合わせてないで、よつ葉と美しい世界をもっと見ろ！」

「たまには息抜きしないと。今夜はベルタさんのお手製ディナーを楽しまなくっちゃね！」

まるで保護者のような眼差しを二人から向けられて、昂《たかぶ》っていた気持ちが次第に落ち着いていく。

二人はそれに気づかず、恥ずかしいくらいに優しく気遣ってくれて。

「俺、今最高に幸せだ。疲れなんて完全に吹っ飛んだ」

ぽつりと伝えると、よつ葉は俺の腕に抱きつき、サムエルは肩を組んできた。

番外編

イタリアから帰国してすぐに、よつ葉を病院の産婦人科に連れていくことになった。妊娠していることは先に検査をしてわかってはいたが、俺の不甲斐《ふがい》ない行動のせいで伝えられず、イタリアに行くことになってしまったという。

とにかく初めての事態で、どの病院がいいのか、先生や設備などはどう調べたらいいのか。

そんなとき、よつ葉は閃《ひらめ》いたように俺に言った。

「あのさ、慧一のお姉さんって東京でお子さんを出産したのかな？」

「多分だけど、そうなんじゃないかな？　あの人の母親の葬儀をした斎場の辺りに実家があるんだと思う。離婚するまで暮らしていたのも、東京だと思うよ」

予想だけど、と付け加えて答えると、窺うように聞いてきた。

「もし大丈夫だったらなんだけど、私にお姉さんを紹介してほしい」

よつ葉が抱いた疑惑を完全に払拭《ふっしょく》するために、絶対に姉とは会わせたいと思っていた。

ただ、向こうは一般人だ。無理強いはできないもどかしさがある。

「連絡先を交換してあるから、メッセージを送ってみる」

「あっ、でも無理ならいいからね。慧一の気持ちも、お姉さんの気持ちも大事だから。

慧一からしっかり話を聞いて、二人が姉弟だってわかったしさ」

一般人の姉は、東京から離れて俺の父との関係を絶ちたかった可能性もあった。

父から当分の生活費を受け取ったのは子供のためで、複雑な気持ちもあったろう。

優しげで、俺にとても気を使ってくれていた。駅まで送っていったあの日、体に気をつけて、と声をかけてくれた。

「……もしかしたら、返信はないかもしれない。だけど悪い人じゃないんだ」

「うん、わかってる。本当なら、そっとしておいてあげた方がいいんだよね」

寂しげに笑うよつ葉に、俺はもっとあの人に優しくすればよかったと後悔した。

二人で文面を考えて、あの人が既読スルーを決めても負担にならない内容にした。

引っ越し先では落ち着いたか、子供は元気か。

妻のよつ葉が妊娠したこと、病院選びに悩んでいること。

姉さんも体に気をつけて。もし何か困ったことがあったら、自分でよければ話を聞きます。

そう綴《つづ》ったメッセージを送った数時間後。スマホが姉からの返信を受けて震えた。

東京に残した実家を引き払うために近いうちに上京する姉と子供、俺とよつ葉と四人で会うことになった。

家財道具のほとんどを片づけたためホテルに宿泊するという姉に、よつ葉はうちへ泊まったら、と提案をした。

子供はよつ葉が預かるというので、俺は車を出すから足に使ってほしいと願い出た。

姉は最初は遠慮したが、小さな子供を連れて用事を済ませるのは大変なのだろう。折れてくれたと言ってもいいかもしれない。俺たちからの提案を承諾してくれたのだ。

ただ、予想外のことも起きた。

組長である、俺たちのオヤジも、姉とその子供に会いたいと言ってきたのだった。

姉たちが上京し、実家売買の事務処理が終わり、ひと息ついた我が家のリビング。

よつ葉が用意してくれた夕飯が済むと、姉の子供・凛《りん》くんは移動の疲れが出たのか早々に眠ってしまった。

ゲストルームのベッドへ運び、大人たちがほっと息をつく時間になった。

よつ葉はお産をする病院の選び方、大変だったことなどを姉に聞いている。姉は嫌な顔ひとつせず親身になって質問に答え、自分の体験を交えた話などをしながらよつ葉とも連絡先を交換してくれた。

二人は性格が合うのか、今日会ったばかりなのに、思いのほか楽しそうだ。

こんなことなら、もっと早くよつ葉に話をして姉を紹介すればよかった。

そんな中、オヤジは我が家にやってきた。

本当はもっと早く来て、起きている凛くんに会いたかったらしいが、知ったこっちゃない。

俺はこのオヤジの行いのせいで、よつ葉に一時的にでも疑われたことを今も根に持っている。

俺たち夫婦の中で解決しているけれど、それでもだ。

「凛は寝ちゃったか。喜んでもらいたくていろいろ買ってきたんだけどな」

手には有名な玩具屋の大きな袋がふたつも提げられていた。それをソファーの横に置き、どかりと俺の横に遠慮なく座ってくる。

「明日帰るのに、そんな大荷物作ったら紗香《さやか》さんが困るだろ。凛くんと手を繋いでなきゃいけないのに」

オヤジに対して当たりが若干強い俺に、紗香さんが小さく笑う。

事務所では敬語を使い、控えているが、プライベートは別だ。

姉をよつ葉の前でどう呼んだらいいか思案していた俺に、姉・紗香さんは、名前で呼び合おうと提案してくれた。

『普通の親戚だって、そう呼び合うこともあるからおかしくないわ』

にこにこ笑顔を絶やさない紗香さんは俺を『慧一くん』と呼び、一歳半の凛くんは『けいくん』と呼んでくれるようになった。

数年前まではお互いの存在も知らなかったのに。自分と似ている顔のパーツ、仕草なんかを紗香さんから見つけると、不思議な気持ちになってくる。

自分に、同じ父親の血で繋がった存在がいた。

ずっとひとりっ子をしてきた身としては、嫌ではないけれど、どう接していいのかまだ正解がわからない。

中学生のときに亡くなった自分の母親の気持ちを思うと複雑で、オヤジのしたことに賛同は到底できないけれども。

「じゃあ、明日は車で新しい家まで送っていく。高速使えば二時間かからないだろ。そうすれば凛ともっと一緒にいられるし、もっと必要なものを買ってあげられる」

「うちにはチャイルドシートはないよ」

「そんなもん、買えばいい」

俺たちの会話に、見かねたよつ葉が入ってきた。

「そういうのは、紗香さんに聞いてからにしましょう。帰りの新幹線の切符をもう買ってあるかもしれないし、こっちでまだ用事があるかもしれませんよ」

何も言い出せない紗香さんに代わって、真っ当なことを言ってくれた。

「そんなー。楽しみにしていたんだ、わかってくれよ」

わざとらしく甘えた声を出すオヤジに、ボソリと衝撃のひと言を言い放ったのは紗香さんだった。

「自分の勝手な都合ばかり押しつけて、別れた旦那そっくりで鳥肌立ってきた……」

心底気分が悪そうに紗香さんがそう言うと、オヤジは驚き、黙ってしまった。

紗香さんなりに言いたいことがあったのだろう。それを煮詰めて最後に残ったものを固めたものが、この言葉だったのかもしれない。

オヤジと別れた旦那が重なり、つい口から出てしまった、と悪気はなさそうにケラケラ笑っている。

紗香さんは、穏やかな雰囲気と裏腹に相当肝が据わっていると見た。

相当ショックだったのか、『気持ち悪い？』とオヤジが俺に視線だけで訴える。

俺は遠慮も気遣いもしないで、完全に同意と意思を込めて全力で首を縦に振った。


翌日。紗香さんは凛くんを連れて、オヤジと一緒に笑顔で引っ越し先へ新幹線で帰っていった。

たくさんの荷物を持ち、小さな子供を連れての公共機関での移動の大変さを知ってほしいと、荷物持ちをオヤジに頼んだのだ。

大きな荷物を持ったオヤジは大変そうな顔をしていたが、手伝ってほしいと紗香さんに頼まれたときの嬉しそうな顔は見ものだった。

小さなよちよち歩きの凛くんに手を引かれ、身長を合わせて腰を屈めながら荷物を持ち、ぎこちなく歩いていくオヤジ。

そのそばで笑顔で軽やかに手を振る紗香さんを、俺たちはホームから見送った。

「紗香さん、すごくしっかりしてるよね。お義父さんのこと、あんな風に荷物持ちに使う人なんてなかなかいないと思う」

「オヤジ、あっちに着いたら二人のために車でも買うんじゃないか？」

「買ってもらえばいいよ、生活しやすくなるなら甘えちゃえばいい」

その予想は大当たり。

帰ってきたオヤジは翌週に俺を足に使い、紗香さんの住む街へ行き、ちゃんと紗香さんと相談してから新車を一台購入してプレゼントした。

紗香さんのアドバイスもあり、よつ葉がお世話になる産婦人科が決まった。

優しげな女性医師に、明るく雰囲気のいい院内の雰囲気。

決め手になったのは、毎度出される食事が美味しいと評判がよかったことだ。

マンションから多少の距離はあったものの、健診には俺もついていったので問題はなかった。

病院でもらえるエコー写真が楽しみで、健診のあとにはよつ葉とランチをしながら、ここが鼻だとか手だとか言い合って赤ちゃんの姿を想像し、わくわくした。

よつ葉のお腹が、毎日少しずつ丸く大きくなっていく。

それと同時に、イタリアでロッソのボスに提案し、何度も協議を重ねて共同経営を取りつけたバーレスクの準備が進んでいた。

ボスはたまに日本へ来るようにはなったが、基本的な打ち合わせは相変わらずサムエルとしている。

こんな風に改めて一から何かを始めようと、一緒に仕事をするのは初めてだったけれど、サムエルは恐ろしく頭のキレる奴だった。

嫌味もにっこりと笑って言い、矛盾点が出てくれば容赦なく突っ込んでくる。空気を読むとか、無駄に誰かをヨイショしたりはしない。利益と継続を望み、変化を恐れずに挑もうと粘り強く話し合いを重ねるビジネスマンの面も持っていた。

その姿勢に音を上げたのは、カジノを関西でも開かせたかった人間たちだった。

何度話し合いを重ねても、サムエルは納得せずに突っぱねる。ロッソ側の要求に応えるために真摯《しんし》に取り組もうとはせず、自らの懐に入る利益ばかりを追い求め続けるので話が一向に進まない。

まずサムエルを納得させなければ、ボスとの面会も叶わない。その何も進まない事態にとうとう痺れを切らした関西勢から、カジノの件は保留にしてほしいと言ってきたそうだ。

「僕は久しぶりに仕事ができて、心の底から喜んでいるよ」

サムエルは用意したいくつもの資料に視線を落とし、持っているペンでチェックを入れている。

今日は事務所でなく、フロント企業である不動産屋のビルの方へ来てもらっていた。

静かな応接間で、腕時計を見ると針はお昼を指している。

「ここで一旦休憩にして、一緒にランチでもどうだ？」

サムエルは目線を上げないまま、大丈夫と言って断ってきた。

「このまま資料を頭に一度入れておきたいから、気にしないで行ってきてくれ」

その姿に刺激されて、特に腹も減ってはいなかったので部下たちをランチに出し、自分はサムエルと一緒に残った。

サムエルはチラッと俺を見て、再び黙る。

昼休みに入ったビル内は、僅かにざわついているように感じる。最上階にあるこの応接間にも、微かにそういったものが聞こえてきていた。だけど、それは決して煩わしさを感じさせずにかえって集中を促すものに思えた。

しばらくすると、サムエルからふうっと息を吐く気配がした。顔を上げると、資料の読み込みができたのか首をコキッと鳴らしている。

「もう頭に入ったのか？」

「ああ。あとは午後に慧一からの説明と照らし合わせれば問題ないよ」

そう言って、すっかり冷めてしまったコーヒーに口をつけた。

俺も資料をテーブルに置く。

「新しいコーヒーを淹れ直させるから、ちょっと待ってろ」

「僕はこれで構わないよ、それに今は昼休みなんだろう？　呼ばれた人間が可哀想じゃないか。まあ、慧一が淹れてくれるなら話は別だけどね」

そう言われると、俺が淹れるしかなくなってしまった。

おあつらえ向きとばかりに、この応接間には普段はほとんど使わないミニバーがついている。

カウンターの下、見えない足元には小さな冷蔵庫がある。そこから新しいミネラルウォーターを取り出し、電気ケトルに注いでスイッチを入れた。

見守っていると程なくして、お湯が沸いた。

「インスタントコーヒーを淹れるけど、砂糖はいくつ？　ふたつくらい？」

「三つくれ。これから頭を使うから糖分が欲しい。ミルクはふたつで」

今更サムエルの甘いもの好きに驚くことはない。イタリアでも、朝から砂糖やバターたっぷりのパンを何個も平らげているのを見た。

スティックシュガーを三本、ミルクもふたつ入れて手渡すと、ありがとうと言って受け取った。

以前、俺はサムエルのことを嫌味な格好つけ野郎だと思っていた。

今になって気づいたのは、そう思っていないと自分が情けなくて仕方がなくなってしまうことだった。でもイタリアでの一件で、自分の中の意識が変わった。そうすると、今度はサムエルのいいところがちゃんと見えてきた。

自分の分のコーヒーも淹れて、砂糖とミルクをひとつずつ入れて戻る。

「どう、よつ葉の体調は変わりない？」

「変わりないとは言えないな。食べ物の好みも変わったし、この間までつわりで気分が悪くてつらそうだった」

妊娠をしていると産婦人科できちんと診断されてから、よつ葉はバーでピアノを弾く仕事を辞めた。

マスターも、カンちゃん……工藤完治もひどく残念がったけれど、これから大きくなるお腹で何かあったら迷惑はかけられないという、よつ葉の判断だった。

最後の出勤の日。帰りにマスターたちから花束をもらいご機嫌で帰宅したが、張っていた気がほっと緩んだのだろう。

翌日の朝から、つわりによる気分の悪さ、食欲減退に困ることになった。

それも最近やっと落ち着いたようで、揚げ物の匂いを嗅いでもウッとなることがなくなったと喜んでいる。

昨日は唐揚げやメンチカツを山ほど揚げて、嬉しそうにご飯をたくさん食べていた。

「今は幾分かは、いいのか」

「ああ。食べられなかった期間分、今度は食欲が湧いて仕方がないと言っている」

サムエルはそう言ったよつ葉を想像したのか、くつくつと笑い出した。

手元のコーヒーをひと口飲むと、まだ喉に染みるような熱を持っていた。

窓辺を見ると、新緑が映える青い空が広がっている。去年の今頃は、よつ葉と結婚が決まった頃だったと思い出す。

不安げな顔を見せたよつ葉を、誰よりも大事に、そして幸せにしたいと改めて心に誓ったんだ。

その心は全く変わりない。けれど、少しだけ寂しさを感じる瞬間がある。

つい気を許したせいか、それが顔に出たようで、何か悩みでもあるのかとサムエルに問われてしまった。

「悩みなんてない。幸せいっぱいだ」

「そうだろうとも。だけど、何か考えている風にも見えた。今までわからなかったけれど、慧一は案外顔に出やすいタイプなんだな」

観念しろ、と俺をじっと見つめる目が物を言う。

ここで今更シラを切っても通用しなそうだ。

笑われる覚悟をして、寂しさを感じるときがあると白状した。

「赤ちゃんが生まれることはすごく嬉しいんだ、妊娠を知らされたときは本当に嬉しかった。今だって、生まれる予定日が待ちきれない。ただ……」

「ただ？」

言っていいのだろうか。だけど、サムエルなら、何かしらの答えをくれるかもしれない。

「時々寂しくなるくらい、環境が変わり始めていて……置いていかれそうで怖くなるときがあるんだ」

妊娠と同時に体の仕組みが変わって、お腹で赤ちゃんを育てているよつ葉と違い、俺は何も変わらない。

健診に付き添い、赤ちゃんについて楽しみだねと話し合い、よつ葉に寄り添う。

ふっくらと膨らみ始めたお腹を撫でると、途方もない愛おしさを感じる。

……なのに、どれだけ心構えをしても正体不明の不安に駆られてしまう。

サムエルは、はあっとため息をついた。

「避妊をしなかったのは慧一だろ」

その通りで、言葉もない。

「僕は父親になったことがないから偉そうなことは言えない。ただ、体が変わる女性も不安だろうなって想像ができる。考えてみろ、腹に人間がひとりいるんだぞ」

そいつは日々育ち、自分の体はそれに合わせて勝手に変わっていく。

誰にも途中から代わってはもらえないし、育った赤ん坊をいつかは必ず産まなきゃいけない。

サムエルは俺に言い聞かせるように語る。

「好きな女を孕ませたい、自分のものだって名実ともにしたい気持ちはわかる。赤ん坊を迎えるのに不安に感じる気持ちもあるだろう」

俺は黙って頷く。

「今感じている慧一のその気持ちは、よつ葉とも分かち合うべきだ」

「よつ葉を、傷つけてしまうかもしれないじゃないか」

「傷つけてしまったら、その何倍も労って寄り添う努力をしろ。一度も傷つけないまま一生幸せにするなんて技は、魔法使いでもなきゃ到底無理な話だ」

それに少なくとも一回は、浮気騒動で泣かせているだろ？

そう言ってサムエルは片眉を上げげた。

すでに泣かせているから、また傷つけていいという訳じゃない。けれど。
「情けない男だって、思われてしまうかもな」
心情を吐露すると、今度は大笑いされてしまった。
「こんなところで僕と慧一が想像を頼りに必死に話し合うより、今日は早く帰宅して
よつ葉と向き合った方が、百倍は建設的な話ができると思うよ」
せっかく好きな女と夫婦になったのだから。
ぽつりと付け加えられたそのひと言は、どんな言葉よりも重みがあった。

その夜。俺はいつもより早く帰宅し、できる家事をこなしたあと、よつ葉に自分の
気持ちを打ち明けた。
神妙な顔で話を聞いてくれていたよつ葉は、自分も時々これからを考えて不安に思
うことがあると打ち明けてくれた。
稼業のこと、学生時代の人間関係のこと。
自分が寂しく思ったことを、子供もこれから追体験していくのかと考えると、泣き
たい気持ちになるときもあったと教えてくれた。
でもそれを言ってしまったら、俺を傷つけてしまう。

そうやって口をつぐんでしまうことが今までもあった、と話をしてくれた。

「これからは、こうやって不安に思ったことは話して伝えていこう。全部が解決できる訳ではないけれど、きっとひとりで悩むよりはずっといいはずだ」

そうして、何も心配しなくて大丈夫だって、そう言えなくてごめん、と謝った。

「謝ることない。無責任に大丈夫だって言われるよりも、うんと慧一を信頼できる」

そのまま、今まで溜めてしまっていた不安をお互いに話し合った。

自分が思い描いていた、完全無欠によつ葉を幸せにしたいと思っていたヒーローみたいな自分が、心の中でゆっくりと死んでいく。

そうして、よつ葉を幸せにしたいという気持ちは変わらないまま、たまには格好悪くても素直にその気持ちを伝えようと決めた自分が生まれた。

後日、サムエルに報告をすると、惚気《のろけ》も聞いてやるから甘いものを奢《おご》れ、とたかられてしまった。

十月の半ば、満月の美しい夜に生まれた俺たちの娘に、美月《みつき》と名前をつけた。

美月は誰に会わせても、皆が口を揃えて俺にそっくりだと言う。

少しだけクセのある前髪は、よつ葉と同じ。それ以外は、ほとんどが俺のパーツを縮小したもので顔が構成されている。

しかし、爪や耳の形はよつ葉にとても似ていた。

「美月はパパにそっくりだね」

ミルクをもらう美月は、いつもよつ葉の顔を見ている。じっと大きな瞳で、そこからここだけの世界を毎日見渡している。

生まれて三ヶ月も経つと、体つきはだいぶしっかりとしてきた。抱っこが好きで、夜中の寝かしつけは俺の係。どうしても泣きやまないときは、よつ葉から母乳をもらうと寝落ちする。

編み物が好きだというロッソのボスが、美月のためにひよこ色の帽子と手袋、それに暖かそうなブランケットを編んでプレゼントしてくれた。

それを届けてくれたサムエルは、同じ黄色の毛糸で編んだマフラーを身につけていた。自分でボスに頼んで編んでもらった、とものすごく自慢してきた。

春になり、夏が過ぎて、秋が深まり出した頃。愛娘は一歳を迎えた。

お互いの実家の親を招き、盛大な誕生日パーティーを催した。

そこで俺たち夫婦に、たまにはゆっくり温泉にでも行ってきたら、と親たちからの提案があった。

美月を実家にお泊まりさせて、お世話がしたい。だから一泊でもしてきてほしい。

親たちからは、そういう無言の圧力を感じる。

「うーん……、でも無理な話ではないんだよね。一歳になって体力もついてきたし、美月は人見知りするタイプじゃないし」

子供中心の生活になっていたから、温泉によつ葉がかなり心惹かれているのが手に取るようにわかる。

それでも即決できないのは、美月が心配だからだ。

正直俺も悩んではいるが、よつ葉と久しぶりに二人きりの時間が過ごしたい、と心はそっちに傾いている。

すると、お義母さんから心強い言葉をもらえた。

「今行っておかないと、二人目ができたらもっと行けなくなっちゃうよ。それに、私たちだっていつまで孫の面倒を見られるか……。美月は私たちに懐いているから心配しないで」

確かに今もお義母さんに抱っこしてもらい、ご機嫌さんだ。

これは、もしかしなくても大丈夫なんじゃないだろうか。

だけど、最終決定権は普段子育てをしているよつ葉に委ねる。

「行くなら、今しかないのか……」

「そうよ。少しくらい泣いたって平気よ。よつ葉は夜泣きがひどくてね、真夜中にお父さんに車に乗せてもらって、三人でよくドライブしたのよ」

その話を聞いたとき、お義母さんになら預けても大丈夫かもしれないと直感で思った。

それはどうやら、よつ葉も同じだったようだ。


美月の誕生日パーティーから約一ヶ月後。

俺とよつ葉は海のそばの温泉街に来ていた。

美月をよつ葉の実家へ預けに寄ると、待ってましたとばかりに大歓迎された。新しい玩具がいくつも用意され、それらに美月の興味が持っていかれている間にそうっとマンションを出る。

「美月、いつ気づくかな。私たちがいないってわかったら、泣くだろうな」

エレベーターの中、よつ葉は後ろ髪を引かれているように呟く。

「もし、どうしても泣いて手に負えないって連絡が来たらすぐに迎えに来よう」

「うん、そうだね。そうしよう！」

そわそわしながら車に乗り込み、一時間が過ぎた頃。よつ葉のスマホに、ご飯を食べさせてもらっている美月の写真が届いた。

その元気な様子に、二人して緊張していた体から一気に力が抜けたのを感じた。

そこからは気持ちが明るい方へと切り替わり、サービスエリアでソフトクリームを食べたりしながら目的地の温泉街へ到着した。

予約した宿は高級感があり、新しめでスタッフの感じもとてもいいものだった。案内された部屋には、専用の露天風呂がついている。一泊だけど、よつ葉にゆっくりくつろいでほしくてこの部屋を内緒で選んで予約したものだ。

仲居に案内されて露天風呂の存在を知ったよつ葉は、俺の方に何度も笑みを浮かべて振り返る。お茶を淹れてくれた仲居が部屋から出ると、ワーッと抱きついてきた。

「専用の露天風呂なんて、聞いてなかったからびっくりしちゃった！」

「喜んでもらえるかもって、サプライズにしたんだ。驚いてくれてよかった」

「サプライズ大成功だよ。すごく嬉しい」

ありがとう、と俺に抱きついた腕に力が込められた。

お返しだとばかりに抱きしめ返したら、よつ葉は照れたように、俺の胸に顔をうずめてしまった。

初々しい反応に、俺もつられて恥ずかしくなってきた。

そうなると、今度はもっとイチャイチャしたくなってしまう。

「このまま、一緒にお風呂に入らない？」

よつ葉の可愛い耳元で囁いて、そのまま鼻先で首筋をなぞる。

いい匂いを思いきり吸い込む。よつ葉は、くすぐったい、と言って小さく身じろぎした。

「まだまだ昼間だし、着いたばっかりだよ」

赤く頬を染めて、俺を見てくる。

「じゃあ、夜ならいい？」

「夜なら、いいよ」

微かに欲を含んだような擦れた声が、俺の下半身をダイレクトに刺激した。

本当は今すぐにでも、裸にして大事にお姫様抱っこして、露天風呂へ飛び込んでイチャイチャしたい。

したいけれど、ここで性急なところを見せたくはない。

落ち着け、下半身。

ちらりと腕時計を確認すると、まだ十五時を回ったばかりで気が遠くなってしまう。

それを紛らわせるために、この辺りを散歩してみようと提案してみた。

しかしよつ葉は、いやいやと首を横に振る。

「せっかく慧一と二人きりなんだもん。もうちょっとだけくっついていたい」

ダメ？と聞かれれば、ダメじゃないと思いっきり答えた。

生殺しである。

柔らかくて、いい匂いで、俺のことを好きだと言ってくれるよつ葉を後ろから抱っこしている。

ちょっと手を動かせば、胸に手が触れてしまう。その手を伸ばせば、スカートをたくし上げることも可能だ。

呼ばない限り、誰もこの部屋には来ない。

温泉旅館。非日常のこのシチュエーションが俺の欲をゴンゴン刺激してくる。

だけど無理強いはダメだ。夜になれば一緒に露天風呂に入れると、頭の中で何度も繰り返す。

「……二人きりでお風呂に入るの、どのくらいぶりだろうね」

ふふっ、とよつ葉が悪戯っぽく聞いてきた。

「二人きりは……美月が生まれる前だね。そうか、そんなに経つのか」

思い返せば、美月が生まれてからは毎日がてんてこ舞いで、よつ葉の背中を流してあげることもできていなかった。

美月が目を覚まさないか気になって、肌を合わせる時間も回数も、自然に減っていた気がする。

……そうだ。

俺はずいぶんと、よつ葉がピアノを弾いている姿を見ていなかった。

途端に、胸がぎゅうっと締めつけられた。

俺は以前とほぼ何も変わらない生活を送っているのに、よつ葉の生活はがらりと変わってしまった。

仕事を辞め、大好きなピアノにずっと触れられないまま、美月を大事に、目を離さずに育ててくれている。

この生活に文句を言われたことは一度もない。

ないからといって、俺がそれを忘れてもいいものじゃなかった。

「……よつ葉、ありがとう。ごめんね」

結婚してすぐは、グランドピアノを買ってあげるんだって考えていたのに。

「えっ、何？　慧一、何かしたの？」

焦った声を出して、よつ葉が腕の中で少しもがいた。

それをさらに力を込めて抱きしめる。

「ピアノ、グランドピアノ買おう。帰ったら早速買おうね」

「ピアノって、今うちにあっても私は弾けないよ？」

「どうして。ピアノとよつ葉はずっと一緒だった。それを取り上げたのは俺だよ」

罪悪感が心を呑み込む。

ずっとよつ葉には好きなピアノを弾いてほしいと願ったのに、その俺自身が遠ざけてしまっていた。

よつ葉は俺の拘束を無理やり解く。

その腕力に驚かされているうちに、正面から両手で顔を掴まれてしまった。これじゃ、もう泣き出す寸前の顔を隠せない。

「私、なんにも慧一に取り上げられてなんてないよ」

強い意志のこもった、俺が大好きなよつ葉の目だ。

その視線が、まっすぐに俺を捕らえる。

「大切なものが増えていくばっかりなの。ピアノも大事だけど、優先順位が変わっただけだよ。今一番なのは、慧一と美月の二人なの」

腕は鈍るけど、もうピアノが弾けない訳じゃない。ピアノは、まだ先の未来で待っていてくれる。そのときに再開するよ──そう言いながら、ぐりぐりと俺の頬を力いっぱいに揉んだ。

「そのときになったら、グランドピアノを買ってくれる？　美月も興味を持ってくれたら嬉しいけど」

ニッと笑うよつ葉に、俺はもう一生敵わないと確信した。

俺の大好きなよつ葉は、初めて意識したあの幼かった頃から、最高に可愛くて大好きな女の子だ。

ずっと変わらない。切なくて幸せな気持ちをくれる、俺のよつ葉。

「俺にも、そうしたら俺にも、ピアノを教えてください」

俺が敬語になってしまったのがおかしかったのか、機嫌をよくして、いいよと快諾してくれた。

「そうしたら、二人でできることが増えるね。私ね、実は夢がもうひとつあったんだ。好きな人とピアノの連弾がしてみたかったの」

また、慧一に夢を叶えてもらえそうで嬉しい。
好きな人と、未来で一緒にピアノを弾く約束ができて嬉しい。
あのとき……病気がわかったとき、私が諦めないように叱ってくれてありがとう。
よつ葉はそう言って俺の背中に手を回し、何度も何度も慈しむように撫でてくれた。

END

あとがき

初めましての方も、お久しぶりの方も、この本をお手に取っていただきありがとうございます。

木登《きのぼり》と申します。

マーマレード文庫様からありがたいことに、三冊目の本を出してもらえました。

幼なじみのヒロインのことが大好き過ぎる、ちょっと変わった若頭くんのお話です。

極道ものというと、格好いいヒーロー！というイメージですが、今回の若頭ヒーローは情けないところも見せてくれます。

とても可愛らしい面も持つヒーローです。

その分、ヒロインが格好いい感じに書けたので、注目していただけると嬉しいです。

毎度ながら、少し趣味に走った作品にダメ出しせず、寄り添ってくださる担当様。

いつも本当にありがとうございます。

今回はめちゃくちゃいい人な当て馬のマフィアくん、それにイタリアで相撲など、プロットの時点でボツになってもおかしくない内容に真摯に向き合ってくださり、今回この作品が無事に完成しました。

また、カバー絵を羽生《はにゅう》シオン先生に描いていただいたのですが、美麗で最高な二人、そして可愛い赤ちゃんに、最高――――!と叫びました!

刺青の細部、二人の瞳の色、全体的な構図からして、何度見ても拝むしかありません。

ありがとうございます、百万回でもお礼が言えます。

そうして、この本を手に取り、ここまで読んでくださった読者の方。

どこかしら作中で、少しでも楽しんでもらえた部分がありましたら幸いです。

ここでご縁が持てたこと、心から感謝いたします!

ありがとうございました!

木登

ファンレターの宛先

マーマレード文庫をお買い上げいただきありがとうございます。
この作品を読んでのご意見・ご感想をお聞かせください。

宛先
〒100-0004　東京都千代田区大手町 1-5-1
大手町ファーストスクエア イーストタワー 19 階
株式会社ハーパーコリンズ・ジャパン　マーマレード文庫編集部
木登先生

マーマレード文庫特製壁紙プレゼント!

読者アンケートにお答えいただいた方全員に、表紙イラストの
特製 PC 用・スマートフォン用壁紙をプレゼントします。

詳細はマーマレード文庫サイトをご覧ください!!
公式サイト
@marmaladebunko
twitter も チェック!

マーマレード文庫

ヤンデレ若頭に政略婚で娶られたら、溺愛の証を授かって執着されました

2023年2月15日　第1刷発行　定価はカバーに表示してあります

著者　木登　©KINOBORI 2023
発行人　鈴木幸辰
発行所　株式会社ハーパーコリンズ・ジャパン
東京都千代田区大手町1-5-1
電話　03-6269-2883（営業）
0570-008091（読者サービス係）
印刷・製本　中央精版印刷株式会社

ISBN-978-4-596-76851-3

m a r m a l a d e b u n k o